ゼロの大賢者

～若返った最強賢者は正体を隠して成り上がる～

夏海 ユウ

角川スニーカー文庫

20864

口絵・本文イラスト／吉田依世
口絵・本文デザイン／AFTERGLOW

CONTENTS

第零章　敗北

「あなたの時代は終わったんですよ——大賢者ジークフリード・ベルシュタイン」

途切れかけた意識の中、俺が最後に聞いた言葉は、そんな風に勝ち誇る、奴の——ギルバルド・フォン・ユーリィの——勝利宣言だった。


「おら裏切り者、とっとと起きろ！」

「……ぐっ……」

腹の中身が押し潰されるような衝撃で、俺は意識を取り戻した。

視界に広がるのは、俺を見下すように覗《のぞ》き込む、二人の中年兵士。

片方は太っていて、片方は痩せている。

背後に見えるのは、漆黒の闇に包まれた常夜の森。

どうやらあれから、どこかの森まで連れてこられたらしい。

状況から察するに、王宮の裏庭ではないだろう。

『迷いの森』か『還《かえ》らずの森』か……まぁ、そんなところか。

「おら、早く馬車から降りろ」

唾を吐き捨て、兵士は再び俺の腹を蹴った。不意をつかれた一撃に、喉から吐瀉物《としゃぶつ》が溢《あふ》れ出《だ》す。

それを見た兵士は「汚ねえ」と嘲笑した。

「ざまぁないな、ジークフリード。大賢者ともあろう者が」

「……貴様……」

腹部を片手で押さえ、兵士を睨《にら》み上げた。小馬鹿にするように、兵士はふっと鼻で笑う。

「ギルバルド様に力を奪われ、魔法が使えなくなったお前など、何も怖くない。国王様暗殺を企てた大罪人の分際で、何生意気な面してやがる」

「……濡《ぬ》れ衣《ぎぬ》だ」

「はっ、どうだかな。ここに連れてこられた罪人は、みんなそう言うって話だぜ。いやあ、権力者が落ちぶれる様は気分がいいな」

じゃあな、元大賢者様。還らずの森で、野垂れ死にな。

馬鹿にしたように笑い、兵士は馬車を走らせた。瞬く間に、馬車は闇の中に消え去る。

『還らずの森』

エメリア王国の南端に位置する、特殊なコンパス無しでは決して抜け出せない、樹海。

特別な結界が魔法で張られていて、専用のコンパスが指し示す順路を辿《たど》らないと、出口まで辿り着くことが出来ない、脱出不可の領域。

コンパスは普段王宮の金庫に厳重に保管されていて、ここまで馬車を走らせる兵士に支給されることを例外に、一般に出回ることはない。

密生した樹々《きぎ》が傘になって、昼でも光が届かないことから、別名《常夜《とこよ》の森》とも言われている。

エメリア王国では、国に対する背信行為――国王の暗殺や、その未遂――を働いた大罪人は、この森に放逐されることになっている。

エメリアでは前王ユークリッド・ノーヴィス・エメリアの時代に死刑が廃止された。

要するにこれは、死刑の代わりだ。

この森に連れてこられた人間は、何週間も飲まず食わずで森を彷徨《さまよ》ったのち餓死するか、魔物に食い殺されるか。

そんな、末路が確約されている。

未《いま》だかつて、罪人が還らずの森から抜け出したという前例はない。待っているのは、確実な死。

……だが、俺は絶対に抜け出す。負けたままで、死んでたまるものか。

「濡れ衣を晴らし、必ず……雪辱を果たす……待っていろ……ギルバルド……！」

真っ暗闇の中、拳を握り締め、俺はそう誓った。

ことの始まりは昨日、戴冠式での出来事だった。

戴冠式とは、新たな国王が即位される際に行う、王冠を譲位する儀式のことだ。

俺は、冠を新王に直接被《かぶ》せるという大役を任されていた。

通常、戴冠式では先代の王が直接、王冠を新たな王に譲り渡すことになっている。

だがあいにく前の王は先月、長らく患っておられた進行性の病で亡くなってしまった。

そこで、俺に白羽の矢がたった、というわけだ。

大賢者であり、国王亡き今、実質的な国の頂点。戴冠式を執り行うのには最も適任だろうと、賢人会議にて、満場一致でそう決まった。

「これより第二十七代エメリア王、レイア・ノーヴィス・エメリア様の、戴冠式を執り行う！」

進行役の上級貴族が、高らかに宣言する。ギイィと音を立てながら、大きな扉がゆっくりと開く。

現れる、新王レイア・ノーヴィス・エメリア。

「……美しい」

その美貌に、参列する貴族たちも思わず息を呑《の》む。

透けるような金の髪に、仄《ほの》かな危うさが混じった気高い碧《あお》の瞳は、初雪のように白い肌と相まって、妖精のように美しい。

しかし、真《ま》っ直《す》ぐに結ばれた意志の強さが感じられる口元が、彼女がただ美しいだけの少女ではないことを如実に表している。

前王が亡くなったことによって本来の予定を一年繰り上げて急遽《きゅうきょ》式典を執り行うことになったため、レイアはまだ成人前の、年端もいかぬ十五の少女だ。

にも拘《かかわ》らず、レイアは地に足を着けて、しっかりとそこに立っていた。

背筋をピンと伸ばし、真っ直ぐに前を見据え、赤のマントが装飾された大げさな儀礼服も、着こなしてみせている。

父が亡くなった悲しみを、微塵《みじん》も感じさせない。

それは正しく、王の姿。

——ついこの間まで、一人で眠るのが怖いとよく俺に泣きついてきたと思ったんだが
……成長したな。

少しの寂しさと、誇らしさ。その時の自分の気持ちを例えるなら、きっと、そういう表現になると思う。

幼少期よりレイアの教育係を任されていた俺は、感慨深く凛《りん》としたその姿を見つめていた。

新王の登場に目を伏せ、静かに頭を下げる貴族たち。

入口から壇上まで一直線に敷かれた赤の絨毯《じゅうたん》。それをレイアは、一歩一歩踏みしめる。

毅然《きぜん》と、だが悠然に。少女は俺の前に来るまで、一度も姿勢を崩すことはなかった。

「成長したな、レイア」

「……全て、あなたのお陰です。ジークフリード」

レイアは微笑《ほほえ》みを浮かべる。俺は、面食らった。

てっきり何時《いつ》ものように「いつまでも子供扱いしないでください」と、来ると思ってい

た。

本当に成長したな、レイア……いや。

「新王レイア・ノーヴィス・エメリア様……この度は、即位のほど、本当におめでとうございます」

「……ありがとう……ジーク……あなたからそう言われるのは、私としても嬉《うれ》しい」

レイアは嬉しそうに、ゆっくりと頷《うなず》いた。

冠を小さな頭に、慎重に乗せていく。王冠を被ったレイアは、ふわりと髪を後ろに掻《か》き上げる。

俺から半歩下がり、貴族たちを振り返った。お披露目の為《ため》、再び赤の絨毯を進む。

──事件は、この時起こった。

バリンッ！　と、突然後方の窓ガラスが割れる。

そう、この日。凡《およ》そ百年振りに、エメリアの王宮は襲撃を受けたのだ。

「……！」

降り注ぐ破片。ガラスをつき砕いて進む、矢のような物体。それは猛烈な速度で、レイアの元へ向かう。

なんだ、あれは。いや、考えるまでもない。

急いでマナを脚部に集中させ、地面を蹴る。


――しかし、一歩足りない。


そのままそれは、レイアの背中に入って、腹部を貫く。

「……え？」

何が起こったのかわからなかったのか、レイアは目を丸くしていた。

飛んできた物体の速度が速すぎて、ガラスが割れたことは認識できても、それが何によってもたらされたかまでは理解出来なかったのだろう。

それから一呼吸置いて、腹部を貫通する矢を目視し、ようやく悲鳴をあげる。

「あ……ああああああああああああああああああ！」

「敵襲だッ！」

苦痛に顔を歪《ゆが》め、崩れ落ちるレイアを抱き抱え、俺は叫ぶ。

間違いない、これは敵襲だ。

「レイア様……！」

国王を守護する騎士団の団長を任されている立場であるカティアが、狼狽《ろうばい》した様子で一目散に駆け寄ってくる。

騎士団は現在王宮の外で警備をしているが、団長であるカティアだけはレイアの守護役としてこの式に参列していた。

「あぁ……！　レイア様……レイア様……!!」

苦痛に顔を歪めるレイアの目の前で、彼女は虚《うつ》ろな目をして呆然《ぼうぜん》と立《た》ち竦《すく》んでしまう。

弱冠二十一歳にして騎士団長に任命された、眉目秀麗の才女。普段は寡黙で冷静沈着な彼女。

だが、今やそれは見る影もない。

「おい！　カティア！」

「あぁ……レイア様……レイア様……レイア様……！」

呼びかけに応じず、カティアは立ち尽くしたままレイアの名を叫び続ける。

くそっ、この様子では役に立ちそうにない。

騎士団に自ら志願して入団するなど、元々レイアに入れ込みすぎているようだったが、不測の事態に対応出来ないようでは、騎士団長は務まらないというのに。

儀式のために集められた貴族たちもようやく事態の急に気付いたのか、あわあわと震え声を出したり、あたふたとレイアに駆け寄ってみせたりした。

「だ、大丈夫ですか、レイア様」

「何をやっている、敵はまだ王宮の近くにいるはずだ、探せ！」

平和ボケした間抜けな貴族たちを、一喝する。お前たちの心配など、何の足しになるというのか。

そんな貴族たちをかき分け、歩み出る、一人の若い男。

「……刺客探し、その役目、私にお任せください」

ギルバルド・フォン・ユーリィ。

漆黒の髪に、深い蒼《あお》の瞳。

類まれな魔法の素質を持ち、二十四歳にして賢者の称号を得た傑物。

二十四というのは、俺が十六で賢者になったことに次ぐ記録であり、エメリアの賢者七人で構成されている賢人会議での発言力も日に日に増している、若手の有望株だ。

印象を一言でいうなら、不気味なほど物静かな男という表現が適切だろう。

たまに何を考えているのか、わからなくなることもある。

だが、与えられた仕事は必ず、予想以上にこなしてくれる。それ故に、右腕として信頼を置いていた。

「任せたギルバルド……俺はレイア様の傷を見る……必ず刺客を見つけてくれ……！」

一度襲撃を受けた以上、第二第三の波が来ないとは限らない。であれば、今俺はレイアの元を離れるわけにはいかない。ここでギルバルドが動いてくれるのは、助かる。

「御意」

ギルバルドは、深く頭を下げる。


その時奴がどんな顔をしていたのか、今となってはもうわからない。


礼服を靡《なび》かせ、王宮の外に向かうギルバルド。

それを見届けぬまま、新王に呼びかけた。

「大丈夫かレイア……今ヒールをかけてやるからな」

レイアは虚ろな眼差《まなざ》しで、小さく左右に首を振った。

「どうした……？」

「この矢には……おそらく……魔法によって呪いがかけられて……だから、ヒールでは……」

レイアは浅い呼吸を繰り返しながら、一言一言絞り出すように症状を伝えてくる。

「……少し、失礼する」

矢の傷に触れないように貫通した部分を丁寧に破り棄《す》て、大げさな儀礼服を捲《まく》り上《あ》げる。

震えるように上下に揺れる色白の腹部が、晒《さら》される。

レイアは弱々しく「……いやぁ」と抵抗した。

「こんな時に、恥ずかしがっている場合か」

「……し、しかし……」

「お前の命がかかってるんだ」

「……んぅ……」

無視して、裾にフリルの付いたスカートをズラす。レイアは覚悟を決めたように、ぎゅっと目をつむった。ふちにレースのあしらわれた純白の下着が露《あら》わになる。

強い痛みのせいかそれは少し汗ばんでいて、肌に密着していた。

その左やや上。どす黒い、円形の魔法陣。呪印《じゅいん》は、確かにあった。

「……これか」

呪い。それは魔法の一種。かけた相手を寄生虫のように蝕《むしば》んでいく、持続性の攻撃魔法。

強さにもよるが、多くの場合放置すると、長くても一週間で命を落としてしまう。

「……この魔法陣は」

呪いの強さは、魔法陣の形状を見れば、だいたい予想が付く。

例外は勿論《もちろん》ある。だが、幾何学模様が複雑であればあるほど、魔法も強力である場合が多い。

レイアにかけられた呪いの魔法陣は、複雑怪奇な模様をしていた。

間違いない、特A級《ランク》の魔法だ。敵は、相当な手練《てだ》れと見える。

「……少し痛むが……じっとしていろ」

「んっ……！」

手のひらをレイアの魔法陣に押し付ける。

柔らかな肌の感触が掌《てのひら》を通して伝わってくる。傷に障ったのか、内股になって少女はぎゅっと唇を噛《か》む。

「――解読《デイサイファリング》」

呪いを解く方法は、ただ一つ。それは、魔法陣にかけられた暗号を――解読してやること。

低レベルの呪いであれば、常人にも解くことは容易《たやす》い。しかし、この魔方陣は特A級《ランク》の呪い。

特Ａ――通常レベルと呼ばれるＤランクの兵士が五百人集まったとしても、太刀打ち出来ないと言われている存在。

魔法使いのランクはＦを下限に、Ｅ、Ｄ、Ｃ、Ｂ、Ａ、特Ａ、Ｓと推移する。ランクはマナと呼ばれる魔法の源の総量と魔法の適性、この二つによって決まる。純粋な魔法の威力はマナの総量に、使える魔法の種類は適性に依存する。

魔法には大きく分けて身体能力を強化させるような補助魔法、地水火風雷光闇属性の攻撃魔法、ヒールに代表される回復魔法、マナを凝縮させて武器を創造する具現化魔法、そして呪いのような系統不明の魔法があり、それぞれ上級魔法と下級魔法が存在する。下級魔法の場合はマナの変換効率が悪く、高威力の魔法を使う為《ため》には、上級魔法に対する適性が一般的には必要不可欠。こちらもその威力によってＦからＳまでランク付けされる。

しかし、この中で系統不明に分類される鑑定魔法だけは、唯一マナの総量に依存せず、個人の適性のみが威力を反映させる。

特Ａ級《ランク》の魔法使いは一万人に一人。上位０・０１％。

王宮の騎士団長や副団長はこのクラスの魔法使いが務めるのが、代々決まりとなっている。

レイアにかけられた呪いは、騎士団長クラスでも解くことが難しい。

――だが、それがどうした。

「――第1ロック……解除」

「……んぅっ！」

魔法陣が薄青く輝きだす。

模様は簡素になり、サイズも一回り小さくなる。

「す、すごい……呪いが縮んで……あれほど複雑な魔法陣を、いとも簡単に……！」

「これが、ゼロの大賢者……ジークフリード！」

周囲の貴族たちが、感嘆の声を上げる。

ゼロの大賢者か……その呼ばれ方は、久しぶりだな。

「第2ロック……解除」

魔法陣は更に小さくなる。

青白くなっていたレイアの顔にも、生気が戻ってくる。

呪いを解くには、魔法陣にかけられた暗号を解読してやればいい。

魔法陣とは端的に言えば、魔術コード――マナを魔法に変換する呪文――が具現化したものだ。

つまり今回の場合、この魔法陣を構成しているコードを解除してやればいい。

――魔力を流し込んで、魔法陣を分解する。

「……第3ロック……＝0――解読終了」

魔法陣は矢もろとも、完全に消失した。

どうやら、矢それ自体も魔法によって構成されていたらしい。

「す、すごい……あんな複雑な暗号を、一瞬で……」

「……A級《ランク》の魔法使いでも、太刀打ち出来ないぞ」

「百年戦争に終止符をうち、奴隷から大賢者に成り上がった実績は、伊達ではないということか……」

気付けば、周りに貴族たちの輪が出来ていた。皆が皆、目の前で起こった出来事に、信じられないという顔をしている。

そう言えば政治の方が忙しくて、力を使ったのは数年ぶりだな……。力を使うところを、初めて見たやつも多いのか。驚愕《きょうがく》する貴族たちに、俺は小さく苦笑いした。

「大丈夫か、レイア」

「うん……だいぶ……よくなった……ありがとう……流石《さすが》は、魔法使いの頂点……近くにいたのが、あなたで良かった」

「どういたしまして、それは良かった」

「……うん」

お礼を言うレイア。だがどういうわけか、レイアは浮かない顔をしていた。

唇を噛み、俺と目を合わせようとしない。頬《ほお》も僅かだが、上気しているようだ。赤い顔で、俯《うつむ》いている。

「どうしたレイア……まさか、まだ痛むのか」

「……いや……その……」

「ん？」

何か言いたげに、レイアは口ごもる。俺が「なんだ？」と催促すると、躊躇《ためら》いながらゆっくりと口を開く。

「その……子供っぽく……なかっただろうか」

「何がだ？」

「……下着」

目を泳がせながら真っ赤な顔で言う。破れた衣服から覗《のぞ》く肌も、仄《ほの》かに赤く染まっていた。

「ジークリフード様……賊を捕らえました。どうやら鼠《ねずみ》は一匹だけのようです」

背後から、声がした。ギルバルドだ。

「一匹……それは確かか」

「はい。今のところ、間違いはありません」

「そう、か。……でかした、ギルバルド」

「お褒めの言葉、有難き幸せ」


全て、終わったと思ったわけではない。

これで全て、解決したと楽観したわけではない。

王宮が襲撃を受けたのは、凡《およ》そ百年振りだ。エメリアの王宮は、他国と比較し類を見ないほど、警備が厳重だ。

まず、王宮の半径二百メートルには結界が張られており、それに触れると門番が必ず気付くことになっている。仮に結界を抜けたとしても、特別な儀式の最中は、王に忠誠を誓った騎士団たちによる重厚な警備の網が張り巡らされている。

この百年間、襲撃未遂事件は何度も起こっているが、皆この包囲網を掻《か》い潜《くぐ》ることが出来なかった。

しかし、今回はいとも容易く鉄壁の警備を突破されてしまった。

おまけに、見つかった賊はたったの一人。たった一人で包囲網を突破など、そんな馬鹿な話はない。

間違いなく、賊の裏には何者かが潜んでいる。

だが、それでも最悪の事態を脱したのは、疑いようがないだろう。

けれど、その判断こそが間違いであることに、翌《あく》る日俺は気付かされることになる。


「ジークフリード様、ギルバルド様がお呼びです。至急、地下２０４号室までお願いします」

翌日の早朝、看守が自室の扉を乱暴に叩《たた》く音で、俺は叩き起こされた。

「……どうした。何かあったのか」

「いや、それは私にも……ただ、ギルバルド様は急用ですと伝えてくれと……」

看守は敬礼し、走り去った。

一体、なんだというのだろう。いや……昨日の賊の件で、何か分かったのか。

あの後、戴冠式は勿論中止になった。式は中断され、王宮とレイアの身辺に対する警備レベルは、極限まで高められた。

国王の暗殺未遂事件の後だ。それは当然だろう。

ギルバルドは詳しい犯行動機を賊に尋問すると言っていた。

『確保されたのは顔を焼かれた細身の男で、言動が支離滅裂なため、様子を見てから尋問を開始します……何か分かり次第、ジークフリード様にお伝えします。今日は自室でお休みください』

この時間に奴から呼び出しがあったということは、賊から何か重要な証言を得たのだろう。

国王の暗殺だ。賊が一人で行ったとは考え辛《づら》い。組織ぐるみである可能性が高い。

レイアの身辺は、聖女に忠誠心を保証された王宮の騎士団が厳戒態勢で警備をしているので、心配ないだろうが……。

俺は早歩きで、地下室への階段を下りた。


「どうしたギルバルド、何か分かったのか」

冷ややかな空気が流れる地下２０４号室。向かい合う、俺たち二人。

地下室は石造りで、岩肌が露出しており、空気が湿っぽい。スペースは比較的広く、最大三十人ほど収容出来る造りになっている。

「朝早くからお呼び立てしてしまい申し訳ありません、ジークフリード様」

「いや、気にするな。それより呼び出した理由を教えてくれ」

ギルバルドは口元に手を当てて、本題に入る前に少し昔話をしましょう、と前置きをした。

「二十年前に終結した百年戦争の余波で、未だに世界は混乱しています。……戦争によって貧困、格差、差別が増幅し、数多《あまた》の国で革命が起こりました。国王は怒り狂った民によって磔《はりつけ》にされ、新政府が乱立……勿論《もちろん》戦勝国であり、あなたがいたエメリアはこの限りではありませんが――」

「……今その話は必要か、早く本題に入れ」

苛立《いらだ》ち混じりに語気を強めると、ギルバルドは氷のような冷たさで口元だけをにやりと持ち上げた。

「申し訳ありません、ジークフリード様――最後に、手向けのつもりだったんですがね……結末がどうであれ、あなたが残した功績は本物です。エメリアが今平和を保っているのも、全てあなたがいればこそ」

ギルバルドは冷たい表情を崩さぬまま、静かに笑った。

なんだ、何が始まる。

「——単刀直入に言わせていただきます。あなたには、レイア様暗殺を企てた疑いがかかっています」

薄ら寒い笑みを浮かべたまま、ギルバルドは確かにそう言った。完全に虚を衝《つ》かれた俺は、そのままギルバルドをじっと見つめる。

「……俺に国王暗殺の疑いとは、どういうことか説明して貰《もら》おうか」

国王暗殺を企てた容疑。全く身に覚えのない罪状だった。

なるほど……手向けとは、そういうことか。

「……実はですね、昨日私が捕らえた賊……どうやら、操り人形であったようなのです」

「操り人形？」

「そうです。操り人形……つまり、何者かによって、操られていた可能性が高いのです……それも、特別高ランクの魔法使いに」

「……なるほど」

昨日見た呪印は、特A級《ランク》の魔法陣だった。

魔法によって人を操る場合、使役される側の人間にも魔法を使用させることが出来る。

例えば傀儡《かいらい》の術を使用することで、本来は魔法を使えない相手に、魔法を使用させることが出来る。

だが、これにはある程度の制約がある。

まず一つ。この術を使うには、長時間の大掛かりな儀式によって、使役される人間にマナを流し込まなくてはならない。

更に、操作対象に発動させることが出来る魔法は、自らの階級の1ランク下が精々だ。

つまり、術を使用する人間がA級《ランク》だった場合、傀儡に使用させることの出来る魔法は、Bランクが限度。

いくらマナが流れ込むと言っても所詮は傀儡、自らと同じクオリティーで魔法を扱うことは出来ない。

つまり、だ。昨日の刺客は、特A級《ランク》の魔法陣を生成して見せた。

仮に奴が、何者かに操作されていたのだとするならば、本丸はSランク以上の魔法使いだということになる。

Sランク。魔法使いとしての最高位を指すその称号を持つ者は、エメリアに十数人しかいない。

昨日の賊が王宮を囲むように張られた結界、更には城の周辺を警護していた騎士たちをどう突破したのか不思議だったが……なるほど、操られていたのなら納得がいく。内部の人間が都合の良い兵士を操り、昨日の事件を起こした。論理的矛盾はない。

……確かに、俺に容疑がかかるのも頷ける。

だが、

「だとすれば、お前にも疑いがあるはずだ、ギルバルド……いや、そもそも俺を含む賢者全員が、容疑者なのではないか」

「その通りです、ジークフリード様。よくお判《わか》りで。流石《さすが》、ゼロの大賢者」

「俺だけを呼び出した理由を教えろ、ギルバルド」

「まだわかりませんか、ジークフリード」

ギルバルドはこちらを振り返る。顔からは、表情が消えていた。

氷のような冷たさに彩られた蒼《あお》い双眸《そうぼう》が、俺を見据える。

「あなたは、嵌《は》められたのですよ」

「……!」

「──ティルヴィング」

瞬間、薄暗い地下室に強烈な光が迸《ほとばし》った。

ギルバルドの両手に現れる、どす黒いオーラを纏《まと》う長剣。

マナによって具現化された、神器だ。高ランクの魔法使いは《神器》と呼ばれる固有魔装を顕現させることが出来る。

神器とは、言うならばもう一人の自分。自分の内面、真の自分を反映している。

神器の顕現は具現化魔法に分類されるが、一般的な具現化魔法が武器を創るに留《とど》まるのに対し、神器はそれに加え、持ち主の内面を深く反映させた特殊な能力を備えて、更にマナを最大効率で利用出来る。

つまり、魔法使いが使用出来る最強の魔法こそが神器の顕現なのだ。

ギルバルドは体勢を低くし、有無を言わせず俺に斬りかかる。

「……ぐっ……」

「おしい！」

間一髪で避けた。切れ味の良い刃先が、頬《ほお》にかする。

そのまま俺は、バックステップで距離を取った。

「何の真似《まね》だギルバルド！」

「さっきも言ったでしょう……嵌められたのですよ……あなたは！」

ギルバルドは一瞬で距離を詰める。下から突き上げるような斬撃が、俺を襲う。

嵌められただと……まさか、昨日賊がレイアを襲った事件は、ギルバルドが裏で糸を引いていたのか。

それも、はなから俺に罪を擦《なす》り付ける算段で。

「レーヴァテイン……ッ！」

既《すん》の所で、俺も神器を召喚した。

刀身に鋭い炎を纏う、レーヴァテイン。決して消えることのない揺るぎない炎を灯し、全てを燃やし尽くす破滅の剣。

ティルヴィングを何とか受け止める。剣と剣がぶつかり合い、衝撃波が発生する。ズオンッと、地下204号室——別名、断罪の間——が激震した。

「真犯人はお前だったのか、ギルバルドッ！」

ほくそ笑む、ギルバルド。無言の肯定だった。

「ジークフリード。あなたは常に、国を正しい方向へ導こうとする。そして導く力もある」

「……それの、何がいけない！」

「だから、邪魔なのです。あなたがいる以上、私はいつまでたっても、目的を果たすことができない」

「お前の……目的はなんだ！」

「あなたに言う義理はありません」

斜め下から、ギルバルドが剣を振り上げる。応戦するように剣を合わせ、歯を食いしばる。

互いに剣を押し付け合う。狂ったように目を見開くギルバルドの額に、汗が伝う。

「この状況でも……まだ、これほどの力が……流石はゼロの大賢者……ッ」

ぶつかり合う剣の隙間から、ギルバルドを睨《にら》みつける。

この部屋はどこかおかしい。さっきから、魔力の源であるマナを集めようにも、上手《うま》くいかない。

ギルバルド相手に戦力が均衡しているのはそのためだ。敵は賢者の称号を持つ、S級《ランク》の魔法使い。エメリアでは十本の指に入る凄腕《すごうで》だ。

だが本来ならば、俺の相手ではない。

俺には通常の魔法使いがいくら鍛錬を重ねたところで遠く及ばないような、特別な能力が備わっている。

それが、いくらSランク相手とは言え、今は戦力が均衡している。

煌々《こうこう》とレーヴァテインの刀身には、炎が宿っている。だが、それは本来の鋭さには遠く及ばない。

……やはり、この部屋は何かおかしい。

「……この部屋……何か細工がしてあるな！」

「ご……名答、この部屋は空気中のマナが極端に少なくなっています。よって、体内にマナを宿さぬあなたは、本物のゼロ――陸《おか》に上げられた魚も同然……！」

「……そういうことか……ッ！」

「ゼロの大賢者。体内にマナを宿さず、潜在的な魔力の量がゼロのまま、大賢者となったことからその二つ名がついた。魔法が使えない落ちこぼれだと勘違いされて、一時は奴隷にまで堕《お》ちたと聞きます」

嘲るように、ギルバルドは笑う。

「……よく知っているな」

「マナを持たぬあなたが、どうして大賢者にまでなることが出来たのか――答えは至極簡単。あなたは、体内のマナこそゼロ――しかし……！」

目を見開き、剣を振り上げるギルバルド。密着していた二本の剣が、離される。

「あなたしか有していない、特殊な能力を持っている。それは、空気中に漂うマナを、自らのマナに変換し使用出来るということ――故に、潜在的な魔力は――無限……！」

ギルバルドは残像を残しながら、電光石火の速さで剣を振り下ろす。

俺は力を受け流すように、しなやかな動作でそれを受け止めた。

互いの剣がぶつかり合い、まるで何かが爆発したかのような轟音《ごうおん》がはじけ飛ぶ。

奴の額から、汗が飛び散る。この部屋に呼び出された当初は、あれほど余裕のあった奴の表情も、今や醜く歪《ゆが》んでいる。

またしても、剣を押し付け合う。ギルバルドが上で、俺が下。

けれど、勝負は僅差ではあるが、俺に分があった。

「……はっきり言って……反則です！　普通、どんな優れた魔法使いであってもマナの量は有限です。体内から生成されるマナを使用している以上、それが道理。使える魔法にも、その威力にもリミットが存在する。しかし、あなたは違う。あなたはその圧倒的なマナの量で、下級魔法さえ、最強の魔法に変えてしまう。私を含め、他のS級《ランク》の魔法使いであっても……正攻法では……まず勝てない！」

「お褒めの言葉と受け取るよ……！」

「しかし、特殊な空間であれば……別。この部屋は、マナが極端に薄くなっています。数か月前から……マナを餌に成長するゴーストを放しておいたのです。この部屋は地下、おまけに密閉されている。マナは、枯渇する――」

ギルバルドは剣の隙間から、強がるようにニヤリと笑った。

「——はずだったんですがねえ……ふふ……ここまでして、まだこれほどの力を見せますかあなたは！」

「空気中のマナを完全に0にすることは不可能だ。今必死に、僅かに残るマナを……かき集めているところだッ！」

「私は……こう見えて……エメリアでは五本の指に入る魔法使いなのですがね……！」

「悪いな……無限の前に、十も百も関係ない！」

「老いぼれがあ……！」

強がるように、ギルバルドは笑う。

密着していた剣が、離される。光り輝く長剣を振りあげるギルバルド。

その瞳には、隠せないほどの焦りが表れている。

「ジークフリードォォオオオ！」

ギルバルドは叫び声を上げ、剣を振り下ろす。間違いない、奴の全身全霊を込めた一撃だ。

僅かなマナをかき集め、刀身に集中させる。今出来る全てを、剣に込める。

インパクトの瞬間、衝撃波と共に突風が発生し、互いの髪を掻《か》きあげる。

俺とギルバルドの全力が、ぶつかり合う。奴の瞳は、余裕なく見開かれていた。

ティルヴィングに、ひびが入る。奴の剣が、割れていく。

勝負は決まった。

後は、時間の問題だ。

「……ぐおっ……」

「終わりだな」

けれどギルバルドは、既に勝負が決したにも拘《かかわ》らず、まるで勝利したかのような余裕で高らかに笑い始めた。

「……ふふふふ……ふふふふはははははははははははは！」

それは決して強がりではない、こちらを嘲弄するような笑い。

崩れかけの剣を握りながら、ギルバルドは叫ぶ。

「私一人でも勝てると思っていましたが……流石《さすが》はジークフリード……！　そうでなくては面白くない！」

同時に、まるで合図でもするように、ギルバルドは俺の背後に向かって流し目をする。

奴につられ、俺も背後を振り返る。

「ッ……！」

目の前に、女が見えた。白い面で顔を隠し、真《ま》っ直《す》ぐに切《き》り揃《そろ》えられた金髪を揺らす、細身の女。そしてその後ろにも、同様の面を付けた二人の男。

そのまま女は電光石火の早業で剣を振り上げ、俺に斬りかかる。

――仲間がいたのか。

「……ッ……！」

レーヴァテインで応戦し、弾《はじ》き返す。衝撃波が発生し、女は向こう側に吹き飛ばされ、俺も反動で後退《あとずさ》りする。

「流石ジークフリード。素晴らしい反応速度！」

まるで見物人のように、ギルバルドは手を叩いて笑う。

そして女に後れを取ること数秒、男と思《おぼ》しき短髪の二人が、俺の方へと刃《やいば》を向ける。

片方の男は大剣を、もう片方は槍《やり》を両手に、俺を切り刻むべく襲い掛かる。

――敵は、ギルバルドを含め全部で四人。

「……本当は私一人で倒すつもりだったのですがね、まあ致し方ありません。念には念を入れて、正解でした」

「おのれ……っ！」

槍はこちらを串刺しにせんと突進する。瞬《まばた》きの猶予もない一撃が突き出される。

先端から迸《ほとばし》る雷光。さっきの女も二人の男も、手に持っている武器は間違いなく、神器。ギルバルドほどではないが、こいつら、ただ者ではない。

……だが。

「避《よ》けられぬほどではない！」

極限までひきつけ、跳躍で避ける。そしてすぐさま、背後より振り下ろされる大剣。

男の槍に片足を乗せ、身体《からだ》を反転させる。背後より振り下ろされる大剣の軌道を既《すんで》のところで見切り、レーヴァテインで応戦する。

大剣が弾かれる。

反動で、男は後ずさりした。

「ぐぬっ……！」

「遅い！」

姿勢を低くし、体勢の崩れた俺を狙うべく、弾き返された女は再びこちらに迫り来る。

弧を描くように、緑に煌《きらめ》く剣を振る。

肩まである金髪が揺れる。俺は倒れこむように身体を後ろに反らす。

間一髪。剣先が腹に掠《かす》ったが。

「単なる掠り傷だ！」

追うように女は剣を振り下ろす。俺は後ろ足を踏ん張り、僅かなマナを刀身に集め、剣を両手で支え次の一撃に備えた。

「……ぐッ……！」

発生する衝撃波。先ほども感じたが、さっきの二人に比べ、この女の斬撃は重い。恐らくは、A級《ランク》以上の使い手。

だが、それでもギルバルドよりは幾分軽い。マナを節約し意識を集中させれば、勝機はある！

「……いいのですか」

「……！」

面の下で、澄み渡るような声が響く。聞き覚えのある、その声。

現在、レイアを警護しているはずの、騎士団。

「……あなた、昨日の夜から、レイア様の姿をお見掛けしまして？」

「お前……まさか」

幾多の記憶がフラッシュバックする。思い当たったのは、完全に想定外の人物。

戴冠式で、国王の負傷を嘆き悲しんでいたはずのあの女。

まさか、そんな。

いや、だが。今の声。そして、身のこなし。剣の腕。膨大なマナ。

やはり思い当たる人間は、あの女しかいない。

「裏切ったのか、カティア……！」

鍔迫《つばぜ》り合いの最中《さなか》、俺は半信半疑で問いかける。

素顔は見えない。だがその時、薄気味悪い仮面の下に、よく見知った女の笑い顔が見えた。

「その驚いた顔、気味が悪くて素敵ですよ。大賢者様」

「カティア……ッ！」

白い面の女を睨《にら》みつけ、怒号を鳴らす。

やはり、こいつは……！

嘲笑《あざわら》うような声を発しながら、仮面の下で女が笑う。

カティア・ウィル・ウィスクラール。

国王を守護する王宮騎士団の長。

名門貴族ウィスクラール家の出身であり、秀でた魔法の才能と相まって、二十一歳にして王宮の騎士団長に任命された才女。

とは言っても、彼女の登用は家の名を考慮した結果であり、実際に団を纏めているのは副団長のエド・ルーフェンであるというのが定説だ。

勿論《もちろん》、それでもカティアが有能な人物であるというのに変わりはない。家の名だけで任命されるほど、国王の命を守護する騎士団長の名は軽くない。

この若さで特A級《ランク》であることが、それを証明している。

そうか。昨日の襲撃事件。騎士団の中に裏切り者がいたのか。であれば、包囲網を掻《か》い潜《くぐ》るのも容易《たやす》い。協力者がいれば、包囲網の穴を伝え、その隙間を賊がスルリと抜けてしまうのも可能だろう。

しかし、どういうことだ。戴冠式での反応からわかる通り、カティアはレイアに対して並々ならぬ想《おも》いを抱えていることで知られている。

その上――

「――お前は心の儀……それも、二年前イリスの心眼の前で前王ユークリッドとレイアに対する忠誠を誓ったはず！」

王宮の騎士団と国の政務を司る賢者、大賢者は任命にあたって必ず当代の聖女によって執り行われる『心の儀』を経なくてはならない。

聖ウェルフィース教会の頂点である聖女の前で、国王に対する忠誠を誓うのだ。

王宮の警備体制が万全なのは、これが理由だ。エメリアの騎士たちは、裏切ることがない。

それを――保証されている。

代々聖女に選ばれるのは特殊な目を持った人物であり、その眼力によって発動される最高レベルの鑑定魔法は、その人の本質を見抜くと言われている。聖女の前では、嘘偽《うそ》りは通用しない。忠誠心に疑問がある人物は、騎士になることが出来ない。

それも、心眼とまで言われたイリスの前であれば尚《なお》のこと。

ギルバルドが賢者に就任したのはイリスが聖女を辞めた後だ。イリスでなければ心の儀を躱《かわ》すことも可能……なのかもしれない。

しかし――

「私は今でもレイア様に対する忠誠を誓っています」

「馬鹿なッ！　国王に牙を剝《む》いておいて、何が忠義か！」

「忠誠心の、愛の形は様々ですよ。あなたは妻がいないから、それがわからないのではないですか？　三十を超えてまで独身の大賢者様」

小馬鹿にするように、仮面の下で女が笑う。

「何ッ⁉」

「……可愛《かわい》らしかったですね、レイア様……あの苦しまれるお姿……顔を紅潮させ、弱々しく息を吐くお姿……お美しい……愛しています」

恍惚《こうこつ》として、カティアは声を震わせる。薄ら寒いものを感じ、背筋が寒くなった。

そうか、この女。

あの戴冠式。あれは、レイアの負傷を嘆き悲しんでいたわけではない。

そこにあったのは、揺るぎない忠誠心というより──醜く歪《ゆが》んだ愛。

「狂ったか、カティア……ッ！」

「私はレイア様を愛しています……それも、殺してしまいたいくらいに……私の忠誠心は本物です。嘘偽りは、一切ありません」

小刻みに肩を震わせ、カティアはドロドロに溶けた愛を絞り出すように笑う。

「異常者が……！」

「異常者？　それは百年戦争で何万人もの人間を殺してきたあなたではないですか。血で穢《けが》れた手で、レイア様に触らないでください、英雄さん」

「……ッ！」

「それより、いいのですか、レイア様は？　昨日の晩から、お姿が見えないようですが」

「何ッ⁉」

そうだ。カティアはレイアの警護を任されていたはず。

奴が裏切り者であれば、レイアの安全は。

嘲笑するカティア。

まさかこいつら。レイアを。

いや、今レイアは騎士団が守護を。エド・ルーフェンは信用出来る男のはず。いや、しかし――

頭の中に、様々な推測が駆け巡る。

その時。ほんの刹那。秒にも満たない、時計の針に数えられないほどの僅かな時間。

俺は、戦いから意識を逸《そ》らしてしまった。

「――あら、よっぽどレイア様の事が心配なご様子で――後ろが、がら空きですよ？」

振り返った瞬間、真後ろで笑うギルバルドと目が合う。

しまった。カティアに気を取られ、奴に意識が向いていなかった。

ティルヴィングで斬られると、身構えた。だが、奴は直前で剣を左手に持ち替え、俺の背中に手の平を押し込む。稲妻のような一閃《いっせん》が、背中を突く。強烈な痛みに、叫び声が溢《あふ》れ出《だ》す。

「ぐあっ……！」

「戦いの最中に気を抜いてはいけませんよ、ゼロの大賢者様」

掌《てのひら》を押し込みながら、ギルバルドは勝ち誇ったように、ニヤリと笑う。

背に刻まれていく魔法陣。マナが、消えていく。

これは……魔封じの呪印。

系統不明魔法である呪いの一種であり、対象者のマナを封じ、魔法を使用出来なくする呪縛魔法。

「……光栄に思ってください。その呪印のコードは、あなたのためにわざわざ長い年月をかけて改良したもの。内だけでなく、外のマナとの接触すら断つ、ありったけのマナを注ぎ込んだ、私の最高傑作。老いぼれと化した今のあなたには解けないでしょう……若返りでもすれば——全盛期のあなたであれば——別ですがね」

自らにかけられた呪いを解く。そのためには、通常の解読の十倍以上の魔力が必要とされる。

自分自身を手術する方が、他人を手術するよりも遥《はる》かに難易度が高いのと同じだ。

マナの吸収を阻害され、魔法が使えなくなった今の俺であれば、なおさらだろう。

……しかし、何故《なぜ》わざわざ呪縛魔法などかける。

ティルヴィングで殺すことも出来たはずだ。

一体奴は、何を企《たくら》んでいる。

「……何故……呪縛魔法を……」

「ふふ、死ねるとでも思いましたか？　あなたにはここで死んでもらうわけにはいきません。あなたには国王暗殺の罪を被《かぶ》り、国を裏切った大罪人として死んでもらいます」

「……どういう……ことだ」

「まあ、こっちにも色々と都合というものがあるのです。ここで死ぬより、森で死んでもらった方がありがたいのですよ」

おのれ……。

「どうせあなたは死ぬんです。遅いか早いか。それだけですよ」

勝ち誇るギルバルドを睨みあげながらも、俺は脱力し、膝を突く。糸が切れた人形のようにうつ伏せに倒れこみ、冷たい地下室の床が頰《ほお》に触れる。

そんな俺を睥睨《へいげい》しながら、カティアは口元に笑みを浮かべた。

「──ああそうそう、あなた何か勘違いしていましたが、レイア様は今、自室ですやすやとお休み中ですよ？　全く、こんなハッタリに引っかかるなんて……よっぽど昨日の事件が気がかりだったのですね。安心してください、騎士団の裏切り者は私一人です。エド・ルーフェン……襲撃を受け、今彼は物凄《ものすご》く気が立っています。流石《さすが》の私でも彼の眼《め》を盗んでレイア様を襲うのは不可能ですよ」

俺の掌を踏みつけ、カティアは笑いをこらえるように口元を手で覆う。

「そもそも、初めから殺すつもりなら、戴冠式の日に殺しているんじゃないですか？　殺したいほど愛しているなんて、ただの比喩表現ですよ。成人の儀を迎える十六歳の誕生日までは、何があってもレイア様を殺させるものですか……ああ、早く大人になったレイア様をこの目で……そして、そんな彼女が壊れる姿を……」

レイア……。

そうか、あの子は無事なのか……。よかった。

カティアはまるで煙草《たばこ》の火を消すように、俺の掌を執拗《しつよう》に踏みにじる。

「ああ、汚らわしい。汚らわしい。どうしてレイア様はこんな男に入れ込んでおられるのでしょう。レイア様が嬉しそうにあなたの名前を呼ぶ度に、何度あなたを疎ましく思ったことか。しかし、そんな苦悩も今日でお終《しま》いですね。頼る人間のいなくなったレイア様……信じていたあなたが裏切者だと知ったレイア様。さぞお嘆きになることでしょう。王とはいってもまだ十五歳……私がその心の傷、癒して差し上げなければ」

意識が混濁する。景色がだんだんと霞《かす》み、音が遠くなる。

「さて、残りは後処理です……ね」

「安心してくださいギルバルド様。この件はレイア様には知らせず、内密に処理致します。ことが全て終わり、取り返しが付かなくなってから、お知らせすれば問題ありません」

「ふふ、頼りにしていますよ……カティア」

「はい、レイア様はジークフリードに入れ込んでいますからね、途中で知らせると面倒なことになります……ああ、汚らわしい」

畜生……。腐ってやがる。

「ざまあないですねゼロの大賢者。百年戦争を経て、エメリアが今平和を保っているのも、あなたのおかげだというのに……こんな最期ですか……ふふ」

ギルバルドは笑う。

「ジークフリード。百年戦争の英雄であり、連合国勝利の立役者。戦前、無名の傭兵《ようへい》に過ぎなかったあなたですが、その功績を買われ、戦後すぐに実質的な政治の頂点である大賢者に登用される。当時は世界そのものが揺れており、数多《あまた》の国で悍《おぞ》ましい革命が頻発していましたからね、エメリアでもあちこちで暴動が起こっていました。あなたは国民的英雄ですから、国の看板にすることで民の怒りを鎮めようとしたのでしょう」

含み笑いをしたまま、ギルバルドは俺の前にしゃがみ込む。

「……この内容では、あなたがただの人気取りに利用されたように聞こえますが……あなたが政治家として無能だったとすれば、今のエメリアはあり得ないでしょう。民の不満が静まったのは、英雄であるあなたが大賢者として起用された以上に、あなたが期待を遥かに上回る手腕を振るったからです……汚職を働く貴族の追放、政治システムの見直し……いやはや、ここ十数年で王宮は随分綺麗《きれい》になりました――まあ、最期は悲しい末路でしたがね」

ギルバルドは、ニヤつきを隠そうともしない。

意識の混濁が深まる。

「さて、ティルヴィングを抜いてしまった以上、こいつの気を抑えなくてはなりません。大賢者様。私の剣はね、燃え盛るあなたの剣のように、分かりやすい特殊能力はありません。あるのはそう、抜いてしまったら必ず一人殺さなくてはならないというある種の呪い」

薄気味悪く、ギルバルドは笑う。

「なん……だと……」

「知らなかったでしょう？　普段は皆に気付かれぬよう、ひっそりと殺していますから。

さて、今回は一体誰を殺しましょうか。ああ、安心して下さい。レイア様には手を出しませんので……そうですね、まあ、あなたを呼びに行って貰った看守にでもしますか。あの方はこの間子供が生まれたそうなので」

「……おの……れ……」

しかし、こいつらは一体……。

まさかこいつら——黒い鷹《たか》か。

いや……鷹はもう死んだはず、か。

「あなたの時代は終わったんですよ——大賢者ジークフリード・ベルシュタイン」

意識が闇に飲み込まれる間際、カティアとギルバルドの笑い声が、やけに耳に響いた。

第一章　独りぼっちの吸血鬼

あれから俺は、還《かえ》らずの森を彷徨《さまよ》い続けていた。

日の光が一切届かぬ常夜《とこよ》の森。

昼なのか夜なのか、それすらもわからない。

一体、ここに連れてこられてから、どのくらいの時間が過ぎたのだろうか。

太陽が昇らぬこの森では、時間の感覚が麻痺《まひ》してしまう。それでも、おそらく一週間は経過しただろう。

目を覚まし、兵士たちに唾を吐きかけられ、ギルバルドへの雪辱を誓った、あの思い。

それも、今は遠い昔のことのように感じられる。

あの後すぐ、俺はオオカミの集団に襲われた。ギルバルドに呪印《じゅいん》を施され、魔力が封じられた俺は、逃げるしかなかった。

人間の倍以上のサイズがある生き物だ。魔法なしでは、勝負にすらならない。

長年の王宮生活でなまった足腰に鞭《むち》を打ち、ただひたすらに走った。

だがこの時、体力の衰えに、俺は愕然《がくぜん》とした。木に登りやり過ごすことで、何とか逃げおおせた。

しかし、息はあがり、足腰は鉄のように重くなる。

若い頃はどれだけ動こうと疲れとは無縁だったこの身体《からだ》。いつまでも若いつもりだった。

しかし、そうではなかった。老いの苦しみは、誰にでもやってくる。

ギルバルドに不覚を取り、森でオオカミに襲われ、俺は初めてそれを実感した。

疲労がどっと溢《あふ》れ、俺は眠ろうとした。たき火を起こし、木の葉をベッドに木陰で眠る。

けれど安眠を許してくれるほど、還らずの森は甘くない。眠りに入りそうになる度、立ち現れる魔物の気配。

獲物が寝静まるのを待っている、何者かの雰囲気だ。大方、ゴブリンかオークだろう。

臆病な奴らは、起きている獲物には手を出さない。獲物が眠ってから、牙を剝《む》き、捕食を開始する。

その瞬間、俺から眠るという選択肢が、なくなった。

還らずの森に放逐され、一週間。

最早《もはや》、限界だった。目はかすみ、頭はぼんやりと靄《もや》がかかる。

足腰はもうずたずたで、森の落葉を踏みしめる度、ふくらはぎがずきずきと痛む。

飲まず食わず、おまけに一睡もせず。体力的にも精神的にも、限界が来ていた。

それでも――俺は最後の瞬間まで、出口を探す。

それだけは、諦めるわけにはいかない。

俺のいなくなった王宮。次の大賢者は、おそらくギルバルドだ。

あいつがレイアの側近として、エメリアを動かしていくのだろう。

ギルバルドの目的は、わからない。あいつがこの国をどう動かすつもりなのか、俺には見当もつかない。

だが、ギルバルドはレイアに矢を打ちこんだ真犯人。そんな奴を、あの子の傍《そば》に置くわけにはいかない。

おまけに、国王を守護するはずの騎士団の長カティアは、ギルバルドの手下だ。

そして、正体不明の二人。

一刻も早く王宮に舞い戻り、真実を告げなくてはならない。こんなところで、死ぬわけにはいかないんだ。

そんな風に、折れそうな自分を、鼓舞した時だった。

「……助けて……ください」


消え入りそうなくらい微《かす》かな少女の声が、風のない森に響き渡る。

ふっと息を吹きかければ飛んで行ってしまいそうなほど、その声はか細い。

初めは、聞き間違いかと思った。還らずの森に、人がいるはずない。

ついに幻聴が生じたのかと、自分自身を嘲笑しそうになった。


「……お願いします……助けてください」


今度は、はっきり聞こえた。幻聴などではなかった。

深いしわが刻まれた、樹木。薄気味悪い色の葉っぱを蓄えた、うねる木に寄りかかるようにして、血だらけの少女が。

美しく長い白に近い銀の髪をした少女が。漆黒の闇を背に、確かにそこにいた。

ずたずたに引き裂かれた華やかなドレスから露出した少女の肌には、鋭利な刃物で切り付けられたような痕。

胸にも弾丸で撃ち抜かれたような大きな穴が空いており、地面に向かって、全身から血

がしたたり落ちている。

一目見ればわかる。瀕死《ひんし》だ。

虚《うつ》ろな眼差《まなざ》しで、少女はもう一度懇願した。

「……助けてください」

どうして還らずの森に、自分以外の人間がいるのか。

どうして、傷だらけなのか。聞きたいことは、山ほどあった。

少女は、謎に溢れていた。

切り傷は、まだわかる。だが、銃で撃たれたような風穴。少女の胸にぽっかりと空いたその傷は、どう考えても魔物にやられたでは説明がつきそうになかった。

おまけに、明らかな致命傷だ。とっくに絶命していてもおかしくない。

それなのに、どうして声を発する余裕があるのか。

――しかし、一つだけ確かなこと。

俺は、この子を助けられない。

「……すまない、あいにく今俺は魔法が使えないんだ。お前に、ヒールをかけてやることは出来ない」

出来ることなら、今すぐにでも助けてやりたかった。

暗くてはっきりとは見えないが、おそらく、レイアと同い年くらいだろう。

弱く息をする十四、五歳の少女。だが、どうしようもない。

ギルバルドに刻まれた呪印のせいで、俺は今マナを取り込むことが出来ない。

少女を助けることは不可能だ。しかし、銀髪の少女は小さく首を左右に振った。

「……欲しいのは、魔法でも、ヒールでもありません」

沈黙の森に、少女の清らかな声だけが響く。

「欲しいのは――あなたの血です」

少女の赤い瞳が、真《ま》っ直《す》ぐに俺を射抜く。

心臓が、強く脈打った。

まさか、この子は。

「……お前まさか、吸血鬼か」

「はい――私は闇夜に生きるヴァンパイア……お願いです、あなたの血をわけてください」

首をもたげ、少女は俺の目を見据える。

吸血鬼。

人の生き血を餌とする、怪物。

日光に弱く、昼間は墓地や棺桶《かんおけ》の中で眠る。

不死の存在だが、金属の杭《くい》や銀の弾丸を心臓に撃ち込まれると死亡する、と言われている。

「……まだ、生き残りがいたのか」

吸血鬼は、数十年前に絶滅したと聞いている。元々数が少なく希少種だったのに加え、吸血鬼の生き血には、人を不老不死に変える力があると信じられていて、其《そ》れゆえに、多くのヴァンパイアが不死を目指す欲深い人間の犠牲になったからだ。

俺自身も実際に見たのは、初めてだった。

「お願いします……助けてください……なんでもします……血を……血を……」

「どれくらいの血があれば、助かるんだ」

「助けて、くださるのですか」

少女の声色が変わった。

さっきまで絶望一色に染まっていた声に、微かな希望がさす。

「……どのくらいの血が、必要なんだ」

「……」

そう聞くと、少女は黙ってしまった。

言えない、ということは、つまりそういうことなのだろう。

「俺が、死んでしまうくらいに、か」

少女はなおも黙り続ける。無言は肯定を意味していた。

赤い瞳は、黙って俺の方を見つめ続ける。

もう頼れる人が俺しかいない。俺に断られたら死ぬしかない。

そんな、希望と絶望を赤い瞳に混ぜ込んで、縋《すが》るように俺を見つめてくる。

……残念だが、俺は、ギルバルドを倒さなくてはならない。

「悪いが、俺はまだ死ぬわけにはいかないんだ」

踵《きびす》を返す。

吸血鬼の少女を背にして、俺は闇夜の森を進む。

……すまない。

「……やはり、そうですよね。でも、良かったです。最後に会話したのが、あなたのような優しい方で」

後ろから、囁《ささや》くような声が聞こえた。

絶望するでもなく、自分に言い聞かせるでもない。その言葉は、本心から溢《あふ》れ出たものだろう。

何故《なぜ》だか、そう確信した。俺は、立ち止まる。

「……でも、でも……やっぱり……死にたくない……まだ生きたい、生きていたい」

今度は、涙声。

洟《はな》をすすり、語尾を震わせ、少女は言葉を紡ぐ。

「……死にたく……ない……死にたくないよお……誰か……誰か助けてよお……誰かあ……誰かあ……」

さっきまでの奥ゆかしい言葉遣いは崩れ去り、少女は子どものように泣きじゃくり始めた。

死にたくない、死にたくない。悲痛な叫びが闇夜にこだまする。

自分自身の意思とは無関係に、身体《からだ》は勝手に動いていた。

俺は再び踵を返す。

自分自身に舌打ちをしながら、少女の元まで駆け足で舞い戻る。

「……え？」

死んだ人間と再会したような顔で、吸血鬼は俺を見上げた。

腰を屈《かが》め、少女と目線を合わせる。

腰まである、白銀の長い髪。陶器のようになめらかな肌。

涙で真っ赤に染まった、赤の瞳。ドレスはズタボロで、形の良い胸元が、大きくはだけている。

彼女の瞳は、驚きと怯《おび》えを孕《はら》んでいた。

そりゃそうだ。いなくなったと思った人間が、再び現れたのだから。

俺は安心させるように、少女の頬《ほお》に手をやった。

とくんとくんと、小さな脈動が掌《てのひら》に伝わる。

「……大丈夫だ、安心しろ。お前は死なない」

「それって……」

「ああ、もってけ。……身体中の血液を全部持っていけ」

少女の瞳が大きく開かれる。

なるほど、さっきは遠くだったからどういう顔なのかはっきりわからなかったが、こうして近くで見れば見るほど、その美しさに、魅せられていく。

「いいのですか、あなたはまだ……やるべきことが残っているのではないのですか？」

「今ここで生き残っても、どうせ死ぬだけだ。俺だってわかってるんだ。還《かえ》らずの森を抜けることなんて、出来ない」

「し、しかし」

「……心残りはある。それも、とてつもなく大きなのがな。だけどな、ここでお前を助けなきゃ、もっと大きな後悔が残ってしまいそうなんだ」

心残りはある。きっと来世でも取り戻せないほどの。

だが、泣きじゃくるこの子を、どうしても見捨てることはできなかった。

なぜだろう。

――ああ、そうだ。

その泣き声が。震えるか細い鼓動が。

昔助けられなかった妹に、とてもよく似ていたからだ。

「……ありがとう、ございます……この御恩《ごおん》、一生忘れません」

少女の目から涙が溢《あふ》れ出《だ》す。

そのまま、何度も何度も感謝の言葉を繰り返す。

声をうわずらせ、少女は泣きじゃくる。さっきよりも遥《はる》かに、涙の粒が大きかった。

「落ち着いたか？」

「……はい……お恥ずかしいところをお見せして、すみません」

「さぁ、早くしろ」

「……では、いただきます」

照れ臭そうに微笑《ほほえ》み、俺の首に手を回す。冷え切った身体に、少女のぬくもりが浸透する。

　熱い吐息が頬にかかって、くすぐったい。けれど、どういうわけか、潤んだ少女の瞳には、ためらいが混じっていた。

　そのまま、人間と吸血鬼はしばらく見つめ合う。

「どうした……早くしないと、俺の気が変わってしまうかもしれないぞ」

　冗談めかしてそう言うと、少女は「すみません」と小さく頭を下げ、恥ずかしそうに目線を逸《そ》らす。

　そう言えば、聞いたことがある。

　吸血鬼における、人間の血を吸う行為。

　それは、深い親愛の証《あかし》。男女の交わりを意味すると。

「……それでは、今度こそ、頂かせていただきます」

　意を決したように、少女は首元まで顔を近づける。

　身体と身体が重なり合う。柔らかな太ももが、俺に絡みつく。

　温《ぬく》もりが、肌に触れる。柔らかな胸を俺に押し付け、少女は荒っぽい呼吸を繰り返す。

　発情しているのか、瞳は遠い虚空を見つめながら、とろんと揺れていた。

　そして不意に、確かに赤く色付いていた少女の瞳が、妖《あや》しく金色に輝きだす。

――思い出した。

そういえば、吸血鬼の身体的特徴は――

……いや、まあいいか。どうせ死ぬんだ、余計なことを考えるのは止《や》めておこう。

「不思議です。本当はいけないことなのに……とても、幸せな気持ちがします……何故だかあなたとは初めて会った気がしません……昔どこかで、お逢《あ》いしたこと、ありますか？」

すんでのところで、少女はそう尋ねた。その声は、どこか熱っぽい。

とくんとくんと、身体を通して伝わる、緊張の入り混じった少女の鼓動。

破れたドレスの隙間から覗《のぞ》く、少女の身体。

幼さの残る可愛《かわい》らしい顔とは不釣りあいなほど、少女の身体は大人っぽかった。

胸も、レイアのそれと比べるのが失礼なくらい、確かな弾力を持って俺の身体に乗りかかっている。

いや、この例えはレイアに怒られるか。

拗《す》ねるレイアが頭に浮かんで、俺は小さく苦笑いした。

「残念だが、お前のような可愛い娘にあったのは、初めてだよ」

「……そうですか」

恥ずかしそうに赤く染まる少女の頬が、愛らしい。

吐息はさっきよりも、熱を増していた。

「……その言葉……一生の宝物にします」

首筋に、鋭い痛みが走る。

俺の意識は、急速に急速に、混濁の渦に飲み込まれていった。

五歳の時に、母親に捨てられた。

父親は初めからいなかった。

母親は娼婦《しょうふ》だった。

俺は、望まれぬ子だった。

おまけにマナを宿さぬ半人。

人として、半分。

この世界では、マナを宿さぬ人間は、人とは認められない。

銀貨一枚で、俺は奴隷商に売られた。

朝食のパン一切れが、俺の生の価値だった。

新しい主人は、腹に肉の絨毯《じゆうたん》を敷き詰めた、醜い化物。

アイウォルンという、サディスティックな男。

毎日が地獄だった。

俺の他に、四人の子供がいた。

子供たちの苦しむ姿を見るのが、奴の生き甲斐《いがい》だった。

俺たちは、玩具《おもちゃ》だった。

けれど、どんな地獄にも、安らげる場所はある。

ミライという少女。

地獄の中、いつもめそめそ泣いていた、赤い髪の女の子。

彼女は俺を兄と慕った。

半分同士。

俺たちは、二人で一人だった。

『……あの、お兄様……血の繋《つな》がりはなくとも……私たち、兄妹《きようだい》ですよね？』

『ああ、そうだ。お前は俺の妹だ』

『……良かった、です。毎日辛《つら》いことばかりですが、お兄様と一緒なら、乗りこえられる気がします』

『必ず二人で逃げ出そう、それまで……いや、それからも、お前は絶対、俺が守る』
『えへへ、なんだかプロポーズみたいですね……約束、ですよ？』
『ああ、約束する』
だが、奴はやり過ぎた。
首を絞め、死ぬ寸前で放す〝遊び〟。
奴のお気に入りの、それ。
けれどその日は、遊びでは済まなかった。
『――』
ミライは死んだ。
呆気《あっけ》なく。
横たわる、枯れ果てた妹。
俺はまた、半分になった。
『……お前、半人じゃ……!?』
その日は、始まりの日。
俺が、生まれ変わった日。

……良かった。

今度は救えて……良かった。

守れて……良かった。

目を開ける。辺りは、暗闇。

天国だろうか。はたまた地獄だろうか。状況的には地獄なのだろう。

真っ暗な天国なんて、聞いたことがない。

だが、それにしては、やけに暖かい。それになんだか、柔らかい……だが、少し重い。

まるで、重量のある雲が、身体《からだ》に乗っかっているようだ。

「お目覚めですか……！」

視界に現れたのは、死ぬ間際に見た、吸血鬼の少女。

雲などではなかった。足を絡ませ、俺の身体に覆《おお》い被《かぶ》さるように密着していたのは——

俺が命をかけて助けた、吸血鬼の少女だった。

これは、夢だろうか。俺は、死んだはずだ。

吸血鬼の娘を助けるために、自らの血液を全て差し出したはず。

それなのに、どうして目の前に少女がいるんだ。

「よかったです、目が覚めて……！」

少女の目は、涙で潤んでいた。

俺の身体にまたがりながら、よかったよかったと繰り返す。

……やはり、少し重い。

「……すまないが、どいてくれないか」

喉の調子が悪いのだろうか、耳に響く自分の声がいつもと違うように感じられる。

普段は、もう少し深みのある俺の声。

どういうわけか今日は、いつもよりだいぶ高い気がした。

例えるなら、そう――変声期が終わってまだ日が浅い、十代半ばの少年のような声だ。

「あわわ、申し訳ありません！」

転がり落ちるように俺から降りる少女。

目をきょろきょろと泳がせ、的を射ない言い訳を繰り返す。

「あの、その、眠っておられる間に、身体を使って温めていたのです。その、決して変なことをしていたわけでは」

何故《なぜ》か、顔は真っ赤に染まっていた。

ちょこんと座りながら俯き、上目遣いでこちらを覗く。

「……いや、そんなことはどうでもいい。いや、どうでもよくはないが……一体何が起きたのか、そっちを説明してくれないか……俺は、死んだんじゃなかったのか」

少女はこほんと咳《せき》をして「気を確かに聞いてください」と前置きする。

まるで、あなたは不治の病に冒されていると、患者に宣告をする時の医者のようだ。

「……私の命の恩人様。あなたは、吸血鬼になってしまったのです」

「は？」

吸血鬼になった……？

一体、どういうことだ。

俺は死なず、吸血鬼になったということか。

何故。予想だにしなかった告知に、思考の整理がつかない。

俺は立ち上がり、急いで身体を確認する。

鏡がないので正確にはわからないが、肌艶が多少良くなっていることを別にすれば、いつもの俺の身体だった。

……いや、違う。

普段より、手が、足が、指先が、ひとまわり小さくなっている気がする。

気のせいか？

「驚かれるのもわかります。私としても、これは一か八かの賭けでした」

少女の声は俺を落ち着かせるように、一語一語正確に発音されていた。

いや待てよ……そう言えば、聞いたことがある。

「……吸血鬼には血を吸った者を吸血鬼に変えてしまう力がある、か」

確かめるようにそう問うと、少女は小さく首を縦に振った。

肯定、だ。

「その通りです。ただ、本当にぎりぎりでした。私は、吸血鬼としては半端者です……あなたの目が覚めない可能性も、十分にありました」

吸血された人間が、誰しも吸血鬼になるわけではない。吸血鬼を造るという行為は、純粋な吸血行為とは工程が少し異なる。少女はそう付け足した。

「工程が……違う？」

「はい。……吸血鬼が吸血鬼を造る。特に、若い女性から年上の男性に向けられるのはある種の婚姻……あ……すみません！　今のは聞かなかったことに……！」

手を小さく胸の前で振って、少女は誤魔化《ごまか》すような笑顔を見せる。

「あなたが生き残れる可能性は、奇跡と呼んでも過言ではない確率でした。本当に、助かってよかったです……！」

うんうんと首を縦に振りながら、少女は笑顔を見せる。

そう言えば、吸血鬼はあまり同族を造りたがらないと聞いたことがある。

なるほど……よくわからないが……俺はこの子に助け返されたの、か。奇跡……昔、聖女と一緒に暮らしていたが……あの経験が幸運に繋がったのか、な。俺は苦笑いする。

少女はコホンと咳払《せきばら》いをした。

「それと、実はもう一つ伝えなくてはいけないことが」

「なんだ？」

「……あの、どうやら若返っておられるようなのです」

「は？」

「初めて会った時も、渋くて素敵でしたが、こっちも……は！　私は一体何を言っているのでしょう！」

少女はポコポコと、自分の頭を叩《たた》く。

若返っただと。そうか……さっきから感じていた違和感は、それか。

一回り小さく感じる身体。そう言えば、随分と身体が軽い。

「……おそらくですが、私を通して吸血鬼の血が体内に入り、細胞が活性化され、若返ったのだと思われます」

なるほど、吸血鬼の血には不老不死の力があるとは聞いていたが、若返りの作用もあるのか。

「髪の色も、変わっているようです。前は美しい黒の髪でしたが、今は灰色になっています」

そう言えば、視界に現れる髪の雰囲気もいつもと違う。

暗くてはっきりとはわからないが、なるほど、髪の色が変わっているのか。

「それも、吸血鬼の血と関係が？」

「……はい、人が吸血鬼になる時、血を吸った吸血鬼の外見的特徴を引き継ぐと聞いています。今回は、私の白銀の髪を引き継いだのでしょう……えっと、つまり白と黒が混じってグレーになるように、黒に私の白銀が混じったことによって灰色の髪になったのだと思われます」

「吸血鬼は皆、銀髪……というわけじゃないよな」

「はい、おっしゃる通り。一口に吸血鬼といっても、多種多様です。金髪もおれば、黒髪もおります……そこは、人と一緒ですね」

そうだ、吸血鬼特有の髪色なんて聞いたことがない。

今回は、偶然この子が銀髪だっただけ、か。

「瞳の色も、変わっているようです。黒い瞳から、私と同じ血のような赤に。……不思議ですね、髪の毛は色が混ざり合ったのに、瞳の色は私の特徴をそのまま受け継いでいます……やはり、瞳は特別なのでしょうか……受け継ぐ力が他の身体的特徴よりも、遥《はる》かに強いのかもしれません」

瞳の色も、か……。いや、ちょっと待てよ……赤色？

そうだ、さっきの違和感。

どうしてこの子は、吸血鬼なのに瞳が赤いんだ。

「ちょっと待て、さっきも不思議に思ったが……どうしてお前の瞳は赤いんだ。吸血鬼の瞳は金色だと聞いたことがあるぞ」

そうだ。吸血鬼は人間と、ほとんど姿形が同じ。

しかし、一点だけ違う箇所がある。それが、瞳の色。

吸血鬼は、必ず金目なのだ。金色。人間では決してあり得ない、その瞳。

しかし、この少女の瞳は赤。それは本来、吸血鬼ではあり得ない色。

さっき俺の血を吸った時には金色に変化していたが、今は赤色に戻っている。

瞳の色が変わる吸血鬼なんて、聞いたことがない。

……どういうことだ。

「……実は私、ちょっとわけありでして。通常のヴァンパイアとは違い、特殊な条件下でだけ瞳の色が金に変わるのです……おそらく、あなたも」

「特殊な条件下？」

「はい、感情が激しく高ぶった時などですね。例えば、怒り、とか」

「……なるほど」

吸血鬼は全て金目だと聞いていたが……こんなパターンもあるのか。世界は広いな。

「今、私たちには同じ血が通っています……言うなれば、私たちは兄妹《きょうだい》」

少女は俺の胸筋に、そっと掌《てのひら》を這《は》わせる。

目を閉じて、柔らかな身体を俺に預け、囁《ささや》く。

「……本当に、生き残ってくれて、ありがとうございます」

ぬくもりを、命ある証を確かめるように、少女は俺の胸に顔を埋《うず》める。

よかったよかったと、何度も何度も繰り返す。

「……そう言えば、自己紹介がまだでした。私はティアと言います。あなたの、名前は――」

その時だった。

ズドンと、俺たち二人に横槍《よこやり》を入れるように、けたたましい銃声が鳴り響いた。

銀の弾丸は、俺たちの真横にあった木の幹を抉《えぐ》る。

メキメキと音を立てて、樹木は真っ二つに倒れる。


「……なんだ、仲間が一人増えてやがる。金目じゃねえが……そのガキも吸血鬼なのかあ、お嬢ちゃん？」

黒の外套《がいとう》、険悪な目つき。右手には、ライフル。

闇の中から現れたのは、見るからに怪しい男。

またしても、人か。

ここは……還《かえ》らずの森だぞ。


「……そんな、逃げ切ったと思っていたのに……」

白い肌が青ざめる。男を見つめ、ティアと名乗った少女は小刻みに震えだす。

胸元にあった傷に、血だらけで倒れていた少女。

右手のライフル。吸血鬼を殺す、銀の弾丸。

パズルのピースが符合する。

形作られる、一枚の絵。

「……なぁ、もしかして、お前が倒れていた原因は……こいつか」

俺の腕の中。怯《おび》えきった瞳で震えるティアは、静かに首肯した。

「……この男は、凄腕《すごうで》のヴァンパイアハンター……逃げましょう……早く……！」

少女は小さな手で、俺の腕を摑《つか》む。

早く早くと、表情を不安と焦り、恐怖で染め上げ急《せ》かす。

そう言えば、聞いたことがある——吸血鬼の生存を信じ、未《いま》だに彼等を追っている人間が存在する、と。

胸の底に、ふつふつと怒りが湧いてくる。

集積されるマナ。

……これが全盛期の身体《からだ》か、以前の自分とは比べ物にならない。

腹に刻まれた呪印は——ギルバルドに敗れた証は、一瞬で消え去った。

俺は、首を横に振る。

「少し、確かめておきたいんだ」

「……えっ？」

射殺すような眼差《まなざ》しで、俺は男を睨《にら》みつける。

「――自分が今、どれくらい強いのか」

第二章　再起

「なんだ、金目じゃねえか」

ハンターは薄気味悪く、ニヤリと笑った。

どうしてこいつが還らずの森にいるのか、それは力を確かめた後で、ゆっくり聞くとしよう。

湿っぽい土の臭いが充満する、暗闇。

しかし、今はそれほど、暗さを感じない。

以前はほんの一メートル先さえはっきりと認識することが出来なかった。ほんの目と鼻の先にいた少女にすら気付かぬほどだ。

だが今は、数メートル先からこちらを窺《うかが》う敵の姿を、ぼんやりとだが視認出来る。

これも吸血鬼になったおかげだろうか。

「なんだ小僧、俺とやりあおうってのか？　それとも、おままごとでもしようってのか？

これはヒーローごっこじゃねえ、本物の殺し合い。しかも俺は強い強い魔法使い。喧嘩《けんか》を売る相手は選ばなきゃいけないぜ、ぼうや？」

男は、挑発するように笑う。

ライフルをこちらに向けて構え、一歩一歩、近づいてくる。

あの銃は、ただのライフルではない。一般的な具現化魔法と神器は、纏《まと》うオーラを見れば区別が付く。ただの具現化魔法であれば、オーラは纏わない。オーラを纏うのは、神器のみ。

迸《ほとばし》るオーラを見るに、あれは間違いなく神器。

通常、マナを魔法に変換し魔法を発動させるには、その為《ため》のコードを習得しなければならない。下級火魔法のコード、上級水魔法のコード、という具合だ。コードの習得は、静《せい》謐《ひつ》な空間で無我の呼吸を繰り返し、自身を見つめなおすことによって成される。自分自身の内面と見つめあい、自らに対する理解を深めた時、コードはふっと自分の中に降りてくる。

そして、神器と呼ばれる固有魔装は、この内面に対する修練を完了した時、つまり自分自身を深く理解し終えた時、自らの元へやってくる。

まず体内に人並み外れたマナを宿し、卓越した魔力コントロールを会得する。そして、自身の内面と真に見つめあった者にのみ、使用することが出来る《神器》。

生まれ持った豊富なマナを元に、長年の厳しい修行の末、ようやく辿《たど》り着《つ》く境地。

それが神器。

一流の魔法使いである証《あかし》。

神器は、自分の内面を反映している。

例えば、奴の神器はライフル、そして、吸血鬼の弱点を突く銀の弾丸。自らの姿を隠したいという臆病さと、人よりも優位に立ちたいという狡猾《こうかつ》さを表していると言っていい。

あの弾丸を見るに、間違いなく、奴の特殊能力は敵の弱点を反映するものだ。

戦闘時、必ず自分が相手よりも有利になる弾丸が飛び出してくるのだろう。吸血鬼には銀の弾丸。ゴーストには聖弾……という具合に。

神器は、一流の魔法使いである証。

なるほど、自分から強いと言うだけはある。

だが、

「喧嘩……？　殺し合いじゃなかったのか？　それとも、今更命が惜しくなったか、歯抜けのライフル使い」

挑発を返す。男は噴き出して、大笑いを始めた。

ティアでさえも、不安気な眼差《まなざ》しを隠せていない。

「なんだなんだ、あまりに自信満々だから心配になって鑑定しちまったけどよ、お前、体内マナがゼロじゃねえか。ゼロゼロ、ゼロ、よくその歳《とし》まで生きていられたなあ。逆に感心しちまったよ。おい落ちこぼれ、魔法が使えない身で、どうやって俺を倒すつもりだ？」

昔昔、そのまた昔。俺の名が、エメリアにとどろく前。

奴隷から這《は》い上《あ》がり、ある傭兵《ようへい》団に所属していた頃。

嫌と言うほど聞いた、その言葉。

『おい小僧。マナがゼロで、どうやって戦おうってんだ？　まさか、素手か？』

ゼロの大賢者として名をはせて以降、長らくご無沙汰していたその嘲笑をまさか、再び聞くことがあるとはな。人生、何があるかわからないものだ。

いや、今俺は人ではないのだから、人生は少しおかしいか。

そうだな……吸血〝鬼〟。

さしあたり鬼生とでも称しておこう。

「まあいい。血は随分と薄いようだが、小僧。お前も吸血鬼だ。殺して持っていけば、ご主人様もさぞお喜びになるだろう」

「吸血鬼の……いや、他人種に対する虐殺は法で禁じられているはずだが」

「ご主人様はとんでもなく偉い方なんだ！　法などに縛られることはない！」

叫び、男は引き金を引く。

光沢を放つ黒のライフルが、激しい光に包まれる。

やはり、あれは神器。ズドンと、爆裂音が森を駆け抜ける。

ティアは耳を塞ぎながら「きゃあ」と小さく悲鳴を上げる。

ゆらゆらと立ち上る、煙幕。

「ぶはははははは！　どうだ吸血鬼の小僧！　とっとと女を連れて逃げればよかったものを。俺にたてつくからこうなるんだ！　地獄で泣き喚《わめ》きながら後悔しろ！」

まだ倒れた敵を見ていないにも拘《かかわ》らず、ハンターは勝った気になっている。

男は高らかに笑いながら、静かに銃を下げていく。

「はははははは…は……は？」

硝煙がだんだんと晴れていくにしたがって、ハンターの笑いが疑問に変わる。

倒したはずの俺が、涼しい顔で立っていたからだろう。

爆裂音に耳を塞ぎ、目をぎゅっと瞑《つぶ》っていたティアも、頭に疑問符を浮かべていた。

「あれ……私たち、生きてる」

「……地獄で泣き喚く？　生憎《あいにく》だが、もう地獄は嫌というほど見た。煮《に》え滾《たぎ》る地獄の釜も、俺にとってはぬるま湯だ」

挑発を返すと、男は再びいきり立つ。

ライフルをこちらに構え「悪運の強い奴め！」と叫ぶ。

不測の事態を、運のせいにしたのだ。

哀れな。

――まだ、気付いていないのか。

勢いよく放たれた銀の弾丸。

だがそれは、まるで時間が止まったかのように、俺の前でピタリと止まった。

「……なっ」

男は驚愕《きょうがく》していた。

糸のように細い目が、大きく見開かれる。

死んだ人間に再び会ったような顔で、ライフルをこちらに向け、デタラメに発砲する。

俺の周囲三十センチで、なおも静止する弾丸。

防御魔法で、透明の――それも、どんな神器すら通さない、絶対不可侵の壁を作ったのだ。

「ど、どうして……どうしてゼロのお前に、魔法が使えるんだ！　それも、俺の神器《カール・マリア》を防げるほどの！」

男は怯《おび》えを瞳に孕《はら》ませながら後ずさりする。

理解不能だと言わんばかりに喚き、気圧《けお》されたように一歩、二歩、後ろに下がっていく。

「あ、あなたは……いったい」

口をぽっかりと開け、ティアは目を丸くする。

「……そう言えば、言い忘れてたな。俺の名は——ジークフリード」

「ジーク……フリード……」

心当たりがあるように、ティアは思案気な表情をする。

顎に手を当てて、考え込む仕草。脳に神経を集中させているのか、丸く大きな瞳を細める。

記憶の引き出しを、必死に開け閉めするように「うーっ」と可愛《かわい》らしい唸《うな》り声《ごえ》をあげた。

「どこかで聞いたような……はっ……まさか！」

何かに気付いたのか、その表情は一変した。

顔を上げ、狐《きつね》につままれたような面持ちで俺を見上げる。

口を魚みたいにパクパクさせ、驚き一色に染まった赤の瞳が、俺を摑《つか》んで離さない。

「ゼロの……大賢者」

俺は微笑《ほほえ》みながら、こくりと頷《うなず》いた。

「ゼ……ゼロの大賢者だあ？　はったりもいい加減にしろ！」

男は顔を歪《ゆが》めながら、喚き散らす。

まあ、そうだな。今の俺は、若返っている。

鏡で見たわけではないから、はっきりとしたことは言えない。だが、おそらく十代半ばか少し上という程度だろう。確かに、信じろという方が無理がある。

だが、

「はったりかどうか、それはこれから証明される」

マナを足腰に集中させ、加速する。

一瞬で俺は、敵の背後に回り込んだ。

「き、消えた!?」

「――後ろだ」

振り返り、呆気《あっけ》に取られた男と目が合う。

「――雷光《ランベジャメント》」

肩を摑み、身体《からだ》を片手で持ち上げ、電撃を食らわせる。

眩《まばゆ》い閃光《せんこう》が闇夜の森を照らし出し、男は情けなく断末魔のような悲鳴を上げる。

あまり強くし過ぎると即死する恐れがあるので、死なない程度に力をセーブした。

この男には、まだ聞きたいことがある。

白目を剝《む》き、叫び続ける男。そろそろ本当に死んでしまいそうなので、俺は手を離す。

どさりと、男は力なく地面に倒れこむ。

「……あ…あんた……な、何者だ」

芋虫のように地面を這《は》いながら、首をもたげる。

これでもかというくらいに開かれた双眸《そうぼう》が、理解を超えた存在に対する畏怖の念を滲《にじ》ませていた。

血走った眼球には、恐怖と絶望がふんだんにため込まれている。

どうやら、やっとわかったらしい。自分ではこの俺に勝てないと。

「さっき自己紹介はしたはずだが」

「ま、まさかあんた……本当にゼロの……い、いや、ゼロの大賢者は死んだはずだ！　国王陛下を暗殺しようとし《還《かえ》らずの森》へ……！」

何かに気付いたのか、男の表情は一変した。

詰まっていた栓が取れたように、はっと目を見開き、姿勢を正す。

「そうだ。ここは、還らずの森だ」

「い、いや、しかし……そのお姿は……大賢者様は、三十を超えて……」

「……お前は、マナを宿さず、ここまで魔法に長《た》けた者を他に知っているのか？」

男は俯きながら、ぶつぶつと独り言を繰り返す。

「で、では、やはりあなたは……」

「お前に、聞きたいことがある。さっき、ご主人様と言っていたな。お前の元締めは誰だ。誰が、こんなことをやらせている。それに、どうやってここまでたどり着いた……ここは還らずの森だ、特殊なコンパスなしでは、永遠に彷徨《さまよ》い続けるはず」

「……ゼロの大賢者が生きていた……急いでご主人様に知らせねば……」

俺の質問を無視して、男はゆらりと立ち上がる。

「おい、どうした」

「……そして……今国賊をここで葬り去れば、俺の出世も間違いなしだ！」

男の腕に、ライフルが顕現した。

銃口を俺の心臓に重ね、狂った笑顔を見せる。

「……なんの真似《まね》だ」

「確かにさっきの雷撃は凄《すご》かったが、耐えられぬほどではなかった！　それに、子供のようなその姿、以前よりも力が落ちているはず！　俺だって、昔は天才と呼ばれていたんだ！　今までのは本気じゃない！」

死ね、国賊の吸血鬼！

叫び、男は引き金を引いた。

力が落ちている、か。

残念だが、外れだ。

全く、救えない。だが、良かったよ。

中途半端な悪人よりもお前のようなゲスの方が、躊躇《ためら》いなく、殺《や》れる。


「……お前の本気は、その程度か」

「う、うそだ、弾《たま》は確かに、心臓を貫いたはず……！」

弾丸は俺の心臓を貫いた。

あえて避《よ》けなかったのだ。

俺の身体は空気中に漂う無限のマナによって守られている。

《マナの寵愛《フオルトウーナ》》

たとえ心臓を貫かれても、まるで何事もなかったかのように、空いた穴はすぐに塞がる。

これも俺が持つ特殊能力の一つだ。

吸血鬼の弱点である銀の弾丸も、俺には通用しない。

生半可な攻撃では身体に傷一つ付けられない。炎の神イフリートに、平凡な水魔法など効かぬのと同じだ。

結局、力の差を見せつけてやるにはこうするのが一番早い。

とは言っても、若返る前の老いた状態ならば、弾丸を食らって無傷というわけにはいかなかっただろう。

三十を過ぎた辺りから、年々マナとの繋《つな》がりが希薄になっていた。

ここまで完璧に敵の攻撃を防げる状態になったのは、随分久しい。

それもこれも、全盛期の肉体を取り戻したおかげ、か。

「さあ、もう全部、終わりにしよう」

「待ってくれ、は、話せばわかる！」

今更命乞いをする、男。

もう、遅い。

「――人を殺すってことはな、殺される覚悟を持つってことだ」

レーヴァテインを召喚する。

地下室の時とは比べものにならないほど、刀身に纏《まと》うオーラは鋭さを増していた。

煌々《こうこう》と周囲を照らす「破壊の神」。

もはや光と言うより、太陽を顕現させているようだった。

常夜《とこよ》の森が、朝に変わる。黒に塗られた大地に、光が上塗りされる。

「――」

瞬間。眩い閃光が満ち、大地が激震する。

男の断末魔とともに、俺たちの半径十五メートルが更地に変わった。

やはり以前とは段違いの鋭さ。全盛期の、斬撃。

……いや、違う。この力は……。

そうか、吸血鬼の特徴は金目以外にも――もう一つあった。

マナとは一般的に、光から生まれる。

植物が太陽の光を浴びて成長するように、人は日光を浴びることによって体内にマナを生み出す。

空気中のマナを使用する俺の場合でも、それは同じ。

大気中のマナ濃度が最も濃いのは日中であるが故、昼間が最も魔法の威力が強くなる。

しかし、世の中にはこの法則が通用しない生物が存在する。

それが、吸血鬼。吸血鬼も人間と同じように、マナによって魔法を使用することが出来る。

だが、吸血鬼が使うマナは、人間のものとは少し違う。

人のマナが太陽光によって生み出される光のマナであるならば、吸血鬼のマナは、夜に蠢《うごめ》く闇のマナ。

太陽の光が届かぬ地下や、夜にこそ生み出されるマナを吸血鬼は使うのだ。

人間が朝起きて夜眠るのに対し、吸血鬼が夜に起きて朝に眠るのは、この闇のマナが原因だといわれている。

先の戦いで、俺は空気中に残る光のマナをかき集め、レーヴァテインを召喚した。

今回の戦いでも光のマナを集め、レーヴァテインを顕現させた。そこまでは以前と同様。

だが、剣が纏うオーラの質が、明らかに異なっていた。

刀身を包み込む赤い炎に紛れる、黒い炎。

吸血鬼になったことによって、光のマナだけではなく、闇のマナも使えるようになったのか？

しかし、吸血鬼が使用できるマナは闇のマナに限るはずだ、だとするならばどうして光のマナが使えるままなんだ。

……まあ今考えても仕方がない……か。

「す、すごい……」

ティアは俺の後ろで、言葉を失ったように茫然《ぼうぜん》とする。

それからしばらくして、駆け寄ってくると俺の背中を抱きしめた。

鼻をぐずぐずと鳴らしているところを見ると、どうやら泣いているらしい。

怖がらせてしまったのだろうか。

「どうした、怖かったか？」

「……」

「ん？」

「ごめんなさい……私、あの男に……家族を……父と母を殺されて……悔しくて、悔しくて……それで……」

家族を……か。

そうか。この子はもう、失ってしまっていたのか。

「……辛《つら》かったな」

「あいつに、何とか復讐《ふくしゅう》したくて、でも、弱くて、一人じゃ何も出来なくて……」

ティアをそっと抱きしめる。

こんな小さな身体で、一体これまで、どれほどの憂き目を見てきたというのだろう。

ツヤの良い白銀の髪を優しく撫《な》でてやると、震えは少しだけ治まった。

「……それで、ジーク様があいつをやっつけて……全部終わったんだって思ったら……急に涙が止まらなくなって……」

「……」

無言でぎゅっと、抱きよせる。ティアは安心したように、俺に身を預けた。

「そう言えば、私、泣いてばっかりですね……出会った時も、今も」

「泣き虫だな、お前は」

冗談めかして笑いかけると、ティアも少しだけ笑顔を見せた。

やっぱりこの子は、笑っている方が似合う。

「本当に、ありがとうございます。一度ならず、二度までも、命を救っていただき……家族の仇《かたき》まで、とっていただいて」

「好きでやったことだ。気にするな」

「これから、どうされるおつもりですか？」

「……そうだな。とりあえず森を抜けて、それからは昔《むかし》馴染《なじ》みのところにでも行ってみようかな」

王宮に直行したいのは山々だが、今の俺は国賊だ。

さっきの男のリアクションではっきりした。

どうやら俺がレイアの暗殺を企てたというデマは、エメリア中に知れ渡っているらしい。

ジークフリードが生きているとなっては、騒ぎが起こるだろう。それに、この姿では本人だと信じて貰えそうにない。

勿論《もちろん》、今の俺であれば王宮を強行突破し、ギルバルドを討つことも容易《たやす》いだろう。レイアのことも、気がかりだ。

だが、敵の組織や規模が不明で、ギルバルド率いる背信者が一体どれほどエメリアの中枢に巣食っているかもわからない以上、焦りは禁物。

ギルバルドを倒しても、全てが丸く収まるとも限らない。

それに……間違いなく、大量の犠牲者が出る。罪の有る無しに、関係なく。

その上、エメリアは今大賢者による国王暗殺未遂という前代未聞の事態に揺れている。

戦争が終わったといっても、未《いま》だエメリアは不安定だ。

次の大賢者であるギルバルドや騎士団長が、わけのわからぬ少年に殺されれば、国そのものが傾きかねない。

国が終わる時、それは、国王が終わる時だ。

そうなれば、レイアの命もない。

奴らは戴冠式の日に、レイアをあえて殺さなかった。つまり、レイアに矢を放ったのは俺を誘《おび》き出《だ》す為《ため》の撒《ま》き餌《え》だったのだ。

なれば尚更《なおさら》、ことは慎重に運ぶ必要がある。その猶予がある。

今焦るのは、敵に塩を送るようなものだ。


……だが、俺もこのまま引き下がるつもりはない。

必ず無実を証明し、ギルバルドに雪辱を果たす。

国を安定させた上レイアも救い、裏切り者を根絶やしにしてみせる。

幸いにも、一人だけ心当たりがある。

完璧な勝利を可能にする、唯一のピースに。

《心眼》持ちの、元聖女――イリス・ラフ・アストリア。

魔法とは、たとえ同じものであっても、使う者の適性やマナの総量によって、威力が変わる。

通常、鑑定魔法は相手のマナを可視化するに留《とど》まる。しかしイリスは自身の圧倒的才覚によって、対象者の微細な心の動きすら読み取れるという。

つまり、彼女の前では一切の嘘《うそ》が通用しない。心の眼《め》は、対象者の本質を解き明かす。人はその鑑定スキルを、敬意をこめ心眼と呼ぶ。

「……あの……その……私のこの身体《からだ》、全て恩人であるジーク様に捧《ささ》げたいのです！　お邪魔でしょうか……？」

もじもじと不安気な眼差《まなざ》しで、ティアはそう言い切った。

意訳すると、恩返しがしたいから、旅のお供に連れて行ってくれませんか、こんなところだろうか。

「それは、ついて来たいってことか？」

無言で頷くティア。

「……私、役立たずです……マナもロクにありませんし、魔法だって殆《ほとん》ど使えません……でも私、この森の出口まで、案内が出来ます……！」

「還《かえ》らずの森の……案内が出来る？」

「はい。ご存知《ぞんじ》かも知れませんが、吸血鬼の瞳は人間の瞳と少し違うのです。吸血鬼は、森で迷うことがありません……闇のマナを持っていると、結界が利き辛《づら》くなるのです。ただ、もう少しすればジーク様も目が馴染《なじ》んでくると思いますので、私が案内する必要が必ずあるか、と聞かれると……そういうわけではないのですが……」

ティアの赤い瞳が、不安気に揺れている。

なるほど、どうしてこの子が還らずの森にいるのかと疑問だったが。

吸血鬼は森で迷わないのか。

ということは、絶滅したと思われていた吸血鬼は、人が寄り付かないこの森に、ひっそりと移り住んでいたということ、かな。

「……お役に立てるように、頑張るつもりです……掃除でも洗濯でも、なんだってやります……」

さっき、この子は家族を殺されたと言っていた。

行く当ても、ないのだろう。

中途半端に助けるのは、一番良くない、か。助けたなら、最後まで面倒を見るべき……だな。

それに、俺はこの子に助けられた身でもある。

「……じゃあ、そうだな。食事係でもやって貰《もら》おうか」

ティアの表情が、ぱぁっと晴れ上がる。

それからまた、少女の瞳から堪《こら》え切れない涙が溢《あふ》れ出《だ》す。

「本当に、本当に……ありがとうございます」

俺の腕の中で、少女はしばらく泣き止《や》まなかった。

けれど、今度は笑顔のまま、泣き続けた。

「……あの、最後にもう一つだけ、お願いがあるのですが」

「なんだ」

「その……ジーク様……」

「ん？」

「たまに、で良いのですが……」

「なんだ」

「お兄様と呼ばせていただいても、いいですか……？」

「んん……？」

「あ、その、毎回というわけではないのです……！　ゼロの大賢者様相手に、失礼なことも承知しております……たまに、でいいのです」

目をキョロキョロと泳がせ、もじもじと俯《うつむ》くティア。

「……あの……これは不思議な感覚なのですが……なんだか、兄がいたような気が……するんです……」

この子は家族を失った。今はその心にぽっかりと空いた空白を、少しでも何かで埋めたいのだろう。

ティアは頬《ほお》を赤らめながら、上目遣いに俺を見る。丸く赤い大きな瞳が、俺を摑《つか》んで離さない。そういえば、ミライも赤い……いや、そんなはずないか。

「……好きにしろ」

苦笑いでそう答えると、ティアは心底嬉しそうに「はい、お兄様！」と頷《うなず》いた。

……全く、やれやれだな。

「あ、そうだティア」

「……なんでしょう？」

「取《と》り敢《あ》えずこれ、着ろ」

俺は着ていたコートを脱いで、ティアに差し出す。少女はキョトンと、目を丸くした。

「ズタボロの服じゃ、森を抜けた時恥ずかしいだろ？」

しばらく差し出されたコートを見つめ、それからティアは自分の服装に目をやった。

ズタズタに引き裂かれ、殆ど半裸のようになっている、際どい恰好《かっこう》。

自分が痴女のような姿になっていることにようやく気付いたのか、ティアはカーッと表情を赤く染める。

肌の見えている部分を覆い隠すように身体をぎゅっと抱き、唇を噛《か》みながら、上目遣いでこちらを窺う。

「大丈夫だ。そんなに見てないし、見えてない」

よかれと思って、そう言った。

けれど、何故《なぜ》かティアは顔を紅潮させたまま、どことなく不満気に、ぼそりと呟《つぶや》く。

「……見てないのは見てないで……ちょっと悲しいのですが……」

「ん？」

「あ、いや、なんでもないです！　忘れてください！　コート、ありがとうございます！」

あわあわと照れたような笑みを浮かべるティア。

けれど、コートを受けとり何を思ったのか、唇を小さく噛みながらじっと見つめる。

「……どうかしたのか？」

「あの……本当に着てもいいんですか？　……ジーク様少し寒いのでは……？」

「お前の方が寒いだろ。遠慮するな。半裸の少女を連れている危ない男だと思われるより、寒い方がよっぽどいい」

俺が冗談めかすと、ティアは「そうですね」と笑う。

「では、遠慮なく」

コートをすっぽりと着こむ。

その姿は、兄の服をこっそり着た妹そのもので、サイズが全く合っておらずぶかぶかで、裾は地面に着きそうになっているし、掌《てのひら》はコートの袖に埋まっていた。

「……まだ、ジーク様の温《ぬく》もりが残ってます」

再び、自分自身をぎゅっと抱きしめるティア。

けれど、今回はさっきのように慌てふためく様子ではなく、母親に守られていることを知った雛鳥《ひなどり》のように、安心しきった表情を浮かべていた。

「……じゃあ、そろそろ行こうか」

「はい！　案内は任せてください！」


少女の案内に従って、俺は還らずの森を進んでいた。

歩いている最中、ティアは色々な事を語った。

数十年前、人間から迫害を受け、絶滅寸前になっていた吸血鬼の一部は、人里を離れこの森に移り住むことを決めたと、昔両親が言っていたこと。

還らずの森は滅多に人が立ち入ることがなく、おまけに日光に弱い彼らにとっては天恵とも言える常夜だったので、引っ越し先としてはこれ以上ないくらいだった。

吸血鬼たちは森の中で村を作り、ひっそりとそこで暮らしていた。

争いもなく平和だった。

「しかし、ほんの数日前突然村は襲われました……あの男です……妙な男でした。人間なのに、還らずの森で全く迷わないのです……まるで、私たちと同じ目を持っているようでした」

銀の弾丸の前に、吸血鬼たちは成す術《すべ》なく殺戮《さつりく》された。まだ幼いティアを、家族は身を挺《てい》して守った。

命からがら、何とか自分一人生き残った。俺と出会ったのは、丁度そんな時だった。

ティアが語った内容は、概《おおむ》ねそんなところだった。

「……ひどい話だな」

「あの時のことを思うと、今でも涙が溢《あふ》れそうになります。けれど、不幸ばかりではありません。ジーク様と……お兄様と、出会えたので」

ティアは少し陰のある表情で笑う。

お兄様……か。

好きにしろとは言ったものの、なんとなく慣れない。

というか、照れくさい。俺は精一杯の苦笑いを返す。

「そう言えば、ジーク様はどうして還らずの森にいたのですか？　ジーク様は、ゼロの大賢者様なんですよね……国賊と、あの男は言っていましたが」

純粋に疑問という表情だ。

そう言えば、ティアにはまだ言っていなかったな。

王宮で一体何があったのか。


「……ひどい！　ひどすぎます！」

俺は、包み隠さず全てを語った。

レイアが賊に襲撃を受けたこと。その傷を俺が治したこと。

濡《ぬ》れ衣《ぎぬ》を着せられ、犯人に仕立て上げられたこと。

真犯人は、右腕だったギルバルドだということ。

汚名を着せられ、力を奪われた挙句〈還らずの森〉へ放逐されたということ。

それは、エメリアでは死刑を意味するということ。

内容を語るにつれ、ティアの表情はどんどんと曇っていった。曇るどころか、雷が降ってきそうなほど、ティアの心はごろごろと鳴り響く。

俺に降りかかった理不尽に、本気で怒っているんだ。

「ジーク様がそんなこと、するはずないじゃないですか……。私、そのギルバルドという男、許せません！」

ぷんぷんと……いや、そんな言葉じゃ生易し過ぎるくらいティアは猛烈に激怒していた。

振り上げた拳のやり場がないのか「うー！」と叫びながら、地団駄を踏む。

その姿を見た俺は、胸の底に温かい何かが広がっていくのを感じた。

「俺のためにそこまで怒ってくれて、ありがとうティア」

「私、決めました。そのギルバルドという男に、絶対にガツンと言ってやります！」

両手にグーを握り、自分を鼓舞するティアの豊かな胸が、ゆさりと揺れる。

「俺も、奴を許すつもりはない。必ず悪事を暴き、名誉を回復してみせるよ」

「そのお手伝いが出来るように、頑張ります……！」

「期待してる」


「そろそろです。そろそろ森を抜けます」

休憩を挟みながら三時間ほど歩いたところで、ティアはそう言った。

変わらない風景。本当に出口に近付いているのか心配だったが、確かにさっきから少しずつ、森の表情は変わっている。

樹々《きぎ》の傘はだんだんとその密度を減らしており、ぼんやりとだが、光が見える。

出口が近いのだろう。

「そう言えばティア、俺もお前も吸血鬼だが、日光とか平気なのか？」

還《かえ》らずの森は、日の光が通らない。太陽の光は、これでもかというくらい密生した樹木に、遮られてしまうからだ。

だが、森を抜ければ別だ。俺もティアも吸血鬼。太陽の光は、天敵のはず。

俺がそう問うと、ティアは「言い忘れていました」と前置きをした。

「……実は私は、完全な吸血鬼ではないのです。なので、太陽はあまり好ましくはないものの、純血の吸血鬼のように身体《からだ》が燃えてしまう、なんてことはありません。ちょっと、日に焼けやすい程度です」

「完全な吸血鬼ではない？」

「はい。吸血鬼には二つの種類があります。純血と呼ばれる、生まれながらの吸血鬼。そして、私やジーク様のような混血です。混血……つまりは、元々人間だった者が、途中で吸血鬼になったというケースです」

「お前、人間だったのか」

　俺が驚くと、ティアはこくりと頷いた。

「はい、実は。……とは言っても、人間だった頃の記憶は残っていません。気が付くと私は吸血鬼になっていて、吸血鬼としての両親に保護されていましたから」

　一筋の悲しみを瞳に滲《にじ》ませながら、ティアは微笑《ほほえ》む。

「そういう訳で、私もジーク様も種族的には吸血鬼ですが、普通の人間とそんなに変わりはありません。私たちの瞳が普段金色ではないのも、そういう理由です。一見人間と変わらないので、町にも出やすいかと」

　吸血鬼になって人前に出辛《でづら》くなるかと思っていたが、それは好都合だ。

　……まあ、吸血鬼だとばれた所で、銀の弾丸を通さぬ俺からしたら特に問題はないのだが、余計な注目は浴びないに限る。

「ハーフの私は十字架に弱かったり、招かれないと家に入れなかったりといった制約が多少ありますが、クォーターのジーク様はたまに血を飲むくらいで大丈夫なはずです」

　純血のヴァンパイアに吸血されたから、ティアはハーフ。

　俺はそのハーフであるティアに吸血されたから、クォーター、ということだろう。

「血か」

「……はい。あの、その……欲しくなったら言ってください……私も半分人間なので、私の血でも……大丈夫なはずです」

ティアはもじもじと赤くなった。やはり吸血行為は、何か特別な意味合いがあるらしい。

「わかった。その時は遠慮なくもらうよ」

「……はい」

満足そうに、ティアは微笑んだ。半分人間の吸血鬼、か。

……もしかすると、さっき俺が光のマナと闇のマナ、両方使えたのはこれが理由か。

四分の三が人間で、四分の一が吸血鬼。

人間と吸血鬼両方の血液が体内に共存しているからこそ、光と闇、二種類のマナが使用出来るのでは。

「……ティア、吸血鬼は光のマナを使う人間とは違って、闇のマナを使うよな」

「そうですが？」

「人間の血が残ってる俺たちは、光と闇、どちらのマナも使用出来る。間違ってるか？」

ティアは顎に手を当てて、考え込むような仕草をした。

「……原理的には、そうであるはずです……ハーフが吸血鬼としての特徴が弱いのも、闇のマナの影響を半分しか受けないからだと、昔両親に言われました」

しかし、とティアは表情を曇らせる。

「少なくとも、私は光のマナを使用することが出来ません……ほんの少しだけ、闇のマナが使えるだけです……私以外ハーフの知り合いもいませんので、両方使えるかどうかはハッキリとは言えない……というのが私の答えになります……力になれず、申し訳ありません……」

ペコリと頭を下げ、こちらの様子を窺うようにティアは上目遣いでちらちらと見上げてくる。

「いや、ちょっと気になっただけだ。ありがとう」

俺がそう言うと、吸血鬼の少女は安心したように頰《ほお》を緩ませ、一呼吸置くようにコホンと咳《せき》をした。

「……そう言えばジーク様、名前、どうされますか？　ジークフリード……と名乗るのは、少しまずいのでは？」

「そうだな、確かにむやみやたらにその名を語るのは、面倒くさいことになりそうだ」

新しい名前……か。

「……ゼロ……というのはどうですか？」

「ゼロ？」

「はい。かつて【ゼロの大賢者】と呼ばれたジーク様が【ゼロ】として、再び【ゼロ】から這《は》い上がる。……そんな、願を掛けました」

ギルバルドに裏切られ、俺が放逐されて一週間。若返ったり、吸血鬼になったり。熟成されたワインのような濃い七日間だったが、なんとか俺は生き延びた。

かつて【ゼロの大賢者】と呼ばれた男が【ゼロ】として、再び【ゼロ】から這《は》い上《あ》がる。

……出来すぎたサクセスストーリーだな。

「……始まりの数字。ゼロから再スタートする俺には、ぴったりの名前だ。ありがたく、使わせてもらうよ」

「はい、喜んで！」

出来すぎだとしても。

俺は必ず、成し遂げる。成し遂げなければならない。

ギルバルドの思い通りにさせるわけにはいかない。

かつて母親に捨てられ奴隷にまで堕《お》ちた。泥水で喉を潤し残飯で飢えをしのいだ。

そんな男が魔法使いの頂点、大賢者にまでなった。

……俺は地位も名誉も失った。だが、力は取り戻した。

いや、煌々《こうこう》と煌《きらめ》くその刃《やいば》は、全盛期よりも鋭さを増している。

であれば尚更《なおさら》、成し遂げられぬ理由はない。

ギルバルドを討つ、それが必然。

「わぁ……明るい……」

並んで歩きながら、俺たちは遂《つい》に還らずの森を抜けた。

久しぶりの太陽。光に照らされたティアの長い白銀の髪は、幻想的なまでにきらきらと美しかった。


森を抜けた俺たちは、緑豊かな平原を歩いていた。

還らずの森を脱け出したところにある平原だ。

湿っぽい陰鬱な空気に支配されていた常夜の森とはうって変わり、ここは風が心地よい。

視界を遮るものは何もなく、遥《はる》か遠くの山々まで見通せた。

「これから、ゼロ様のご友人の元へ向かうんですよね？」

あれからティアは俺のことをゼロと呼ぶ。

元聖女。イリス・ラフ・アストリア。

ご友人……というよりはもう少しややこしい関係なのだが、説明し出すと長くなりそうだったので、俺はそうだと頷《うなず》いた。

「そうだが、どうかしたのか？」

「ご友人の元へ、直接向かうのですか……？」

ティアは、何故《なぜ》か心配そうに呟《つぶや》く。不安の原因はよくわからなかったが、俺は取《と》り敢《あ》えずティアのどこか憂鬱な表情をやわらげようと、笑顔で答える。

「いいや、ティア。残念だが昔《むかし》馴染《なじ》みが住んでるところは、ここから山を三つほど越えなくちゃならない。もう昼だ。どうせ今から向かうのも、明日の朝向かうのも、そう大して変わらない。今日は取り敢えず、あそこの町で休もうと思う」

遠くを指さす。指の先には、町が豆粒のように浮かび上がる。ぽわぽわと煙突から上がる煙が、ここからでもよく見える。

俺がそう言うと、安心したように、ティアは顔をほころばせた。

「……よかったです。ゼロ様、あまり顔色が優れないようなので」

今日はゆっくり休んでください。俺をほんの少しだけ追い抜き、後ろ手に手を組んで振り返り、太陽みたいな眩《まぶ》しい笑顔でティアはそう付け足した。

そう言えば、最後にベッドで寝たのは、一週間以上前だ。おまけに、何も食ってない。若返ってから、疲れが吹き飛んだように感じていたが、顔にはしっかり出ていたか。

「ありがとう」と礼を言って、櫛《くし》を通すように、白銀の髪をそっと撫でる。

ティアは「えへへ」とにんまりしながら、どこか誇らしげだった。

「あ……！」

身体を預け、心地よさそうに頭を撫でられていたティアが、不意に小さな声を上げる。

小さな身体で背伸びをし、目を凝らす。口に手を当てて、何か良くないものを見たように、深刻そうな顔をした。

「どうかしたのか」

「……小さな池のほとりに……人が倒れています」

ティアの指さす方向に目を凝らす。ここから、数十メートルほど先。平原にぽっかりと口を開けている溜池《ためいけ》に下半身を沈め、蹲《うずくま》るように倒れている男が視界に映り込む。

そして、半分ほど顔を出し、池の中に沈んでいる馬車。

逃げ出したのか、馬車を引くはずの馬はどこにもいなかった。

一目見ればわかる。賊に襲われたのだ。

「ティア、少しそこで待っていろ」

「あっ！」

俺は、男の方に向かって草原を駆けた。

馬車が賊に襲われることは、この世界ではありふれている。

積んである荷物だけを奪って、持ち主を殺す。そんなことも、そう珍しくはない。

……生きていると、いいのだが。

「おい、大丈夫か！」

池から男を引っ張り上げ、耳元で叫ぶ。

口ひげを蓄えた恰幅《かっぷく》の良い男は、意識を取り戻したのか「……うう」と力なく応答する。

良かった、まだ生きてる。

暴行を受けたのか、顔は大きく腫れ上がっていて、痛々しい切り傷がいくつもできていた。

だが、幸い命に別状はなさそうだ。よかった。

「……あんた、旅の人か」

腫れた瞼《まぶた》を何とか持ち上げ、男は弱々しく尋ねる。

俺は「そうだ」と返事をした。

「馬車の中に……娘が……しかも奴ら、呪いを……」

男は、悔し気にそう語り、顔を歪《ゆが》め拳を硬く握りしめた。

呪い、だと。

「一生のお願いだ……町まで……医者を呼んできてくれないか……エルサだったら、治せるはずだ……頼む、俺の、大事な大事な一人娘なんだ……」

「少し、待っていろ」

「ありがとう、恩に着る……っておい、どこに行くつもりだ！　やめろ、あの魔法陣の形状は、素人がどうこう出来るもんじゃねえ！」

男を芝生に寝かせ、俺は馬車へと急いだ。呪いを受けたのであれば、一刻も早く治療するのが望ましい。

ここから町までは、まだ結構な距離がある。マナで加速すればそう時間はかからないだろうが、それでも五分はかかるだろう。

であれば、俺がするべき選択は一つだ。

溜池に足を踏み入れ水をかき分け進む。馬車に手をかけ反動を使ってよじ登る。幌《ほろ》を開けると、中の壁に寄りかかるようにしてポニーテールの少女が弱く息をしていた。

やはり、すぐに駆けつけて正解だった。脈が、かなり弱くなっている。一分一秒を争う状況だ。

おそらく相当強い呪いをかけられたのだろう。

肩のはだけた白のブラウスから露出した右肩部分に見え隠れする魔法陣は、複雑な様相を呈している。

勿論《もちろん》、レイアの時ほどではない。

だが、これをかけた相手は、少なくとも魔法使いとしてはB級《ランク》以上だろう。

確かに素人にどうこうできるものじゃないと取り乱す男の気持ちはよくわかる。

「……少し、失礼するぞ」

汗をかきながらうなされている少女に、そう断りを入れる。ボタンを一つ一つ外し、ブラウスを丁寧に脱がせる。

すらりとした少女の身体《からだ》が露《あら》わになる。日に焼けた跡がくっきりとしている、健康的な肌。

けれど今は、血の気が引いているのか、全体的に青白い。

少女は薄く目を開け「……エルサ……さん？」と呟いた。どうやら、意識が混濁しているらしい。

「残念だが、俺はエルサじゃない。だが、お前は必ず助かる。安心しろ」

「……だめ……です……この呪いは……エルサさんじゃないと……」

「いいから、じっとしていろ」

再び、瞼に重い蓋がされる。うなされる、少女。

少女の素肌に掌《てのひら》を重ね、魔法陣の暗号を解読する。痛みが走ったのか、顔を歪め、少女はじっとりと汗をかく。

「――解読《デイサイファリング》」

「――第一ロック……解除」

魔法陣が形を変える。複雑な呪印《じゅいん》が、簡素な模様に変化する。

ほそぼそと薄明かりが差し込む馬車が、青の光に包まれる。

「第二ロック……解除」

小さく声を上げ、少女の身体がびくんと跳ねる。ギシリと軋《きし》む馬車。

さっきは死人のように青白かった肌も、弱々しかった呼吸も、だんだんと正常さを取り戻す。

「第三ロック……解除――解読終了」

魔法陣が、消える。少女の身体を蝕《むしば》んでいた呪いは、完全に消滅した。

少女は薄っすらと目を開け、桜色の唇で小さく言葉を紡いだ。

「……身体が、とても楽に……あなたが、これを？」

驚きを滲《にじ》ませた薄茶色の瞳で、少女は問いかける。

「ああ、もう少し遅れていたら危なかったぞ」

少女に微笑《ほほえ》みかけた時、馬車はぐらりと大きく揺れた。

そして、男の怒鳴り声。後ろから響く、ティアの嘆き。

「おい、小僧！　うちの娘に何してやがる……！」

「あわわ、まだあんまり動いちゃだめです！」

物凄《すご》い剣幕で、男は馬車に上がり込んでくる。

溜池の前で、おろおろと佇《たたず》むティア。待っていろと言ったが、心配になって飛んできたらしい。

ティアが男の看病をしてくれていたのだろう。吸血鬼の少女と目が合った俺は、やれやれと苦笑いで応えた。

「おいてめえ、うちのサクラに何やってんだ！」

胸倉を掴《つか》み、殺してやると言わんばかりの剣幕で男は吠《ほ》える。

「お父さん、違うの！」

衣服のはだけた少女は前に飛び出し、俺を庇《かば》う。元気に動く娘に呆気《あっけ》に取られたのか、男の表情が困惑の色に包まれる。

「お……おい、お前、呪いは……」

「……この人は、私を助けてくれたの」

光が漏れる馬車の隙間から、涼やかな風が吹き抜けた。

俺を庇うように膝立ちをするサクラと呼ばれた少女の父親は、困惑を露わにする。

「た……助けたって……どういうことだ」

「そのままの意味だよ、お父さん。この人は、私にかけられた呪いを解いてくれたの」

容姿から快活な性格がにじみ出る少女は、毅然《きぜん》と主張した。

後ろで結ばれた明るい茶髪のポニーテールに、健康的に焼けた肌。滑舌の良い、はっきりとした口調。
十六、七といったところだろうか。肉体年齢は、今の俺と同じくらいだろう。
少女はスラリとした身体つきをしていて、髪の毛からはふんわりと甘い良い匂いがした。

「の、呪いを……解いた？　この小僧がか」

未だに信じられないという顔をして、男は俺を凝視する。

「そうだよ、お父さん。この人は私の命の恩人なの。小僧だなんて、失礼だよ」

不機嫌そうに、サクラは口をへの字に曲げた。

「で、でもお前……服が、服を着ていないじゃないか……こいつに、乱暴をされたんじゃ

「……」

「それは呪いの魔法陣が、服に隠れてたから。ねえ、お父さん。私……そろそろ怒るよ？」

念押しするように、語尾を強める。

サクラはほっぺを風船みたいに膨らませ、眉間にしわを寄せた。絶句したように押し黙り、男は視線を俺に向ける。

「……ほ、本当なのか」

俺とサクラは、ほぼ同時に頷きを返す。

その瞬間、父親の態度は一変した。

馬車の中でいきなり正座し額を床にこすり付け、これでもかというくらいの大声で、謝罪の言葉が紡がれる。

「本当に、すまない！　娘の命の恩人に、こんな失礼な態度を取ってしまって！」

地鳴りのような叫び。溜池の前でおろおろと様子を見守っていたティアが、猫のようにびくりとしたのが目に入った。どうやら、馬車の外にも轟《とどろ》いたらしい。

「いや、大丈夫。頭をあげてくれないか、親父《おやじ》さん」

しゃがみ込み苦く笑うと、涙目の父親と目が合った。

「本当に、すまん！　気が動転していたんだ、さっきまでの俺は最低だ。娘の恩人の胸ぐらを掴むなんて……どう詫《わ》びていいのかも、わからない」

「詫びなんて、別に求めていない。俺が好きでしたことだから、気にしないでくれ。こっちこそすまなかった。勘違いさせるような行動をとってしまって」

笑顔でそう返すと、男の表情が曇った。唇を噛《か》み、顔を歪ませる男。目尻からぽろぽろと零《こぼ》れだす涙。

「ありがとう……本当に、ありがとう……。なあ、あんたいったい、何者なんだ。あれほど複雑な呪いを解いてみせるなんて」

俺の正体、か。……ゼロの大賢者、と答えるわけにはいかないな。

まあ答えても、どの道信用されないとは思うが。

「別に、大した者じゃない。偶然だよ、偶然。今回はたまたま、何もかもうまくいっただけだ」

我ながら苦しい言い訳だったが、男は何かを察してくれたようで、ハッとした後、うんうんと意味ありげに頷《うなず》いた。

「そうか……わかった。すまない。娘の恩人様に、詮索なんて無粋な真似《まね》だったな。人には、言いたくないことの一つや二つ、あるもんだ」

そう言って、自分にも思い当たる節があるように、男は頬《ほお》をぽりぽりと掻く。

いきなり怒鳴り込んできた時は、どうなることかと思ったが……。

その後の対応を見るに、悪い男ではないのだろう。

「……察してくれて、ありがとう」

「良いってことよ！」

目尻にたまった涙を拭きながら、男は豪快に笑った。

「ごめんなさい、こんなお父さんで」

その姿があまりに無邪気で子供っぽかったからか、ブラウスに袖を通しながら、サクラは恥ずかしそうに俯く。

「いや……娘思いの、良いお父さんだと思うよ」

「……うん」

サクラはどこか、照れくさそうに頷いた。

それから、何か思いついたように父親は「そうだ」と呟き、掌をぽんと叩いた。

「あんた、旅の人なんだよな」

「そうだが？」

「だったら、今日はうちの宿に泊まっていってくれよ！」

「宿？」

「ああ、実は俺たちはこの近くのドネックの町で宿屋を経営してるんだ。是非そこで、おもてなしとお礼をさせてくれ！」

宿屋、か。

そうだな、どうせ今日はどこかで休むつもりだった。

丁度良い、今回はお言葉に甘えるとしよう。

「俺の他にもう一人……妹も泊まることになるが、大丈夫か？」

ティアを目線で指しながら、尋ねる。妹という単語がよほど嬉《うれ》しかったのか、幸せを噛《か》み締《し》めるように、にんまりとするティア。

「あのお嬢ちゃんは、怪我《けが》した俺を看病してくれたんだ。断る理由はねえ！　むしろ、大歓迎だ！」

はちきれんばかりの笑顔……という表現が、一番似つかわしい。それくらい、男は嬉しい気だった。

決まり、だな。

「じゃあ、そうだな。今日は、ありがたく泊まらせてもらうよ」

俺が笑顔を浮かべると、サクラと呼ばれた少女は「やったあ」と声を上げた。

それからいきなり、サクラは俺の掌を包み込むように、両手でぎゅっと握った。

目を丸くするティアが視界の端っこに入る。

掌に感じる、少女の温《ぬく》もり。心地よいなめらかな肌の感触。サクラ色に染まった頬。ビー玉のように透き通った薄茶色の瞳で、ティアよりも少しだけ年上の少女は俺をじっと見つめた。

「命の恩人さん、今日は色々サービスするね」

ほんの少し照れの入った赤ら顔で、サクラは微笑む。

「楽しみにしてる」

微笑を返すと、サクラは「うん！」と大きく頷いた。

「……むう」

そんな俺たちの様子を、ティアはなんとなく不満気に見つめていた。


あの後、俺たちはサクラと、名をラルフという父親に案内され、町に入った。

町は小さいながらもレンガ造りの建物が綺麗《きれい》に立ち並んでいて、景観が良い。

名をドネツクといい、歴史ある町としてここらではそこそこ有名で、俺も訪れたことはなかったものの、名前だけは知識として知っていた。

賊に襲われたせいで馬が逃げ出し、溜池《ためいけ》に落ちてしまった馬車はとりあえず明日回収するらしく、最低限の荷物だけ持ち出して、俺たちは四人並んで歩いた。

初めはなんとなく距離のあったティアとサクラだが、年齢も近いからか、歩いている最中に打ち解けてしまったらしく、二人並びながらきゃっきゃと楽しそうに会話していた。

「ティアちゃんそのコート、全然サイズ合ってないね……新しいお洒落《しゃれ》スタイル……？もしかして私の服って、流行《はや》りに乗り遅れてるのかな……？」

「ち、違います！　実はこのコートは、お兄様にお借りしているのです……サクラさんのブラウスは、とっても素敵だと思いますよ」

「素敵だなんて……ありがと。そのコート、ゼロ君に借りてるの？」

「……はい、ちょっと色々ありまして、服がびりびりになってしまったのです……このコートの中は、とっても恥ずかしい感じになっていて、それでお兄様が取《と》り敢《あ》えずこれを着ていろ、と……」

顔を赤らめながら、もじもじと俯くティア。サクラは目を丸くして、口をぽっかりと開ける。

「服がびりびりになっちゃったの⁉」

「……はい、そうなんです」

「それは大変！　ねえ、お父さん。私のお古ってまだ残ってるよね？」

「ああ、サクラの服は全部クローゼットに入っているぞ」

ラルフは顎に手を当てたまま、眉を押し上げる。安心したように、サクラはほっと胸を撫《な》で下《お》ろす。

「ねえ、ティアちゃん。もしよかったら、だけど」

「……？」

「私のお古の服で良ければ……使う？」

「い、いいんですか？」

「うん、どうせもう私には着られないし。それに、ティアちゃんは私のお父さんを看病してくれたから……そのお礼」

ティアは少し不安気に、俺の方を覗きこんできた。

本当に、貰《もら》ってもいいのでしょうか？　少女の遠慮がちな瞳は、無言でそう言っていた。

「せっかくだし、貰っておけばいいんじゃないか？」

「本当に、遠慮なんかしなくていいよ！　クローゼットで眠っているだけのずーっと冬眠してる服だから！」

俺に続き、サクラが念押しする。

その言葉に安心したのか、ティアは頬を弛《ゆる》めた。

「では、いただきます。……ありがとうございます、サクラさん」

「ううん、お礼を言うのはこっちの方。ありがとうね、ティアちゃん」

頬をピンク色に染め、サクラは笑いかける。

ティアはとても嬉しそうに、俺の方を振り向いた。

そんな少女の仕草が愛らしく「良かったな、ティア」と呟《つぶや》く。

「……はい、お兄様」

喜びを抱きしめるように、ティアははにかみを返した。

「本当は、もう少しお兄様の匂いを感じていたかったのですが……いつまでも私が借りたままだと困りますもんね……」

少女は小声でポツリと呟いた。細かい部分まで聞き取れず、俺はティアに聞き返す。

「ん？」

「いや、なんでもないです！」

「さあゼロさん、ここが俺たちの宿屋だ」

門を潜って町に入り、少し奥に行ったところに宿屋はあった。

【フランペール】と書かれた看板が掲げられている、赤レンガ造りの建物。

二階建てで、取り立てて大きいわけではないが、厳かなムードを感じさせる雰囲気の良い外観だった。

「わあ、素敵な建物ですね」

見上げながら、ティアは瞳をキラキラと輝かせる。

褒められたのが嬉しかったのか、サクラは得意げな顔で「でしょー！」と胸を張った。

「さあ、入ってくれ」

シックな扉を開け、ラルフは中に俺たちを案内する。

一階は受付兼待合室になっているらしく、柔らかそうなソファーがテーブルを囲むように置いてある。

ラルフはカウンターの奥から鍵を取り出して、俺たちに差し出した。

「さあ、ゼロさん。これが部屋の鍵だ。そこの階段から上に行って、突き当たりの部屋だぜ」

「一番良い部屋だね、お父さん！」

「ああ、勿論《もちろん》だ。娘の命の恩人様を、安い部屋には泊まらせられねえからな」

ラルフは豪快にがははと笑う。

「いいのか、そんな良い部屋に泊まって。俺たちの他にも客がいるんじゃないのか？」

「今日は買い出しの予定だったからな、本来宿は休館日だったんだよ。だから、気にしないでくれ！　ゼロさんたちには、ものすごく世話になったからな！」

「……だったら、遠慮なく」

礼を言って、俺は鍵を受け取った。

「さあ、サクラ。二階までゼロさんとティアちゃんを案内してやってくれ」

「うん、お父さん。さあ、ゼロ君ティアちゃん、こっちだよ……とその前に」

笑みを浮かべたサクラはティアを振り返り、少しこちらの様子を窺《うかが》うような仕草をした。

「先にティアちゃんの洋服合わせちゃおうか。いい……ゼロ君？」

「いつまでも地面すれすれのぶかぶかコートじゃ歩きにくいだろうからな。着替えが終わるまで、ソファーにでも座って待ってるよ」

俺はソファーに腰を下ろす。ゆったりと、身体《からだ》が沈んでいく。

ひんやりした革のソファーは、客を持て成すためのものだけあって、座り心地が良い。

そんな俺を、ティアはまた遠慮がちに覗きこんだ。

「あ、あの……私に構わず、先に部屋に入っていてください！　あんまり待たせるのも、申し訳ないので！」

ティアは目線を逸《そ》らす。

俺はやれやれとため息を吐《つ》いて立ち上がり、腰を屈《かが》め幼気《いたいけ》な少女と向き合った。

光沢のある白銀の髪を優しく撫で、サクラたちに聞こえないように囁《ささや》く。

「別に少し待つくらい、なんてことない。俺とお前は兄妹《きょうだい》なんだろ？　だったら、遠慮なんかするな。……それに、あんまり遠慮が過ぎると、サクラたちが怪しむぞ」

「兄妹……」

「そう、兄妹だ。元々ティア、お前が言い出したんだ。だったらちゃんと妹らしく、遠慮なく振るまえ」

笑いかけると、少女も照れくさそうな笑顔を見せた。

「……では、遠慮なく」

「ティアちゃんこっちだよー」

カウンターの奥にある扉から顔だけを出して、サクラは手招きをした。

おそらくあの扉の奥が、サクラたちの生活スペースなのだろう。

ティアは「はい！」と元気よく返事をして、奥の部屋に消えていった。

「……ゼロさんたちも、訳ありみたいだな」

エントランスに取り残された俺とラルフ。サクラの父親は向かい側のソファーに腰を下ろし、自嘲気味に笑った。

「ゼロさんたち……も？」

「あ、いや、すまねえ。今のは忘れてくれ」

後ろ手で頭を掻《か》きながら、しまったという顔をして苦笑いをする。

それからラルフはふーっと大きく息を吐いて、姿勢を正し、俺の方に向き直った。

「……さっきは、本当にありがとうございましたゼロさん。……あなたはサクラの命の恩人です」

「やめてくれ、俺はただ自分のしたいようにしただけだ。あんまり畏《かしこ》まられると、反応に困る」

「……いや、今こうしてサクラが元気でいられるのも、全部ゼロさんのお陰だ……本当に、ありがとう」

深々と頭を下げる父親に、苦笑いしていた時だった。少女たちの戯れる声が、奥の部屋から響く。

「ティアちゃんは、この服が似合うんじゃない？」

「……そのスカート……とっても可愛《かわい》いです……って、何するんですか!?」

「いや、だって脱がないと着られないし。ここはお姉さんに任せなさい。意外とこれを一人で着るの難しいんだよー」

「……うー。じゃあ、任せます」

「はい、こんな感じ！　どう？」

「サクラさんは、どう思いますか……？」

「うーん……とっても良く似合ってるけど、別の色の方がいいかなー。これとかどう？」

「それ、とっても素敵です……！　サクラさんって、服装のセンス良いですね」

「えっへっへー。ありがとう、ティアちゃん。ティアちゃんが可愛いから、なんでも似合っちゃうだけだよー。お兄ちゃんとは少しタイプが違うけど――」

「……渡しませんよ」

「え、何ティアちゃん急に怖い顔して⁉　渡しませんってどういう意味⁉」

「……わからないなら、それでいいです。そう、ですよね……取られるなんて、私の考え過ぎですよね」

「よくわからないけど、ティアちゃんは笑顔が一番だよ……！」

　聞こえてくる、仲睦《なかむつ》まじい少女たちの会話。

「サクラは、良い子みたいだな」

「……まあ、俺には勿体《もったい》ないくらいの、自慢の娘だ」

親父《おやじ》さんが頭をぽりぽりと掻きながら照れくさそうにそう話し、少し経《た》った後。

奥の扉が開き、二人して満足気な笑みを浮かべるサクラとティアが現れる。

新しい服に身を包み、心なしか頬《ほお》を赤く染めながら、俺の方をもじもじと窺う吸血鬼の少女。

落ち着いた雰囲気でありながらも、胸の真ん中に付いたリボンはティアの豊かな胸を強調している。その装飾によって、清楚《せいそ》ではあるが、少し腰を捻《ひね》る度にふわりと太ももを露出させる青のスカートとも相まって、どこか煽情《せんじょう》的な匂いを醸し出していた。

「ど、どうでしょうか……？」

「……似合ってると、思うよ」

大人っぽさを増した少女に思わずそう呟くと、ティアは安心したように表情をほころばせた。

それからまるで内から湧き出る喜びを抑えきれないように、ほっぺをさすってにやにやとする。

「えへへ。……よかったです。サクラさん、素敵な洋服をありがとうございます……！」

「いーえー。どういたしまして。さあ、そろそろ部屋案内しよっか？」

「ああ、頼んだサクラ」

「おう！　ゼロさんとティアちゃんをうちの自慢の一室に案内してやってくれ！」

「ゼロ君、ティアちゃん。部屋は二階にあるの。こっちだよー」

ぴょんぴょんと跳ねるように手招きをするサクラに従って、俺たちは階段を上がる。

石造りの階段は、歩くたびにこつんこつんと音が鳴った。

「ここだよ。うちの部屋の中で一番広くて、一番景色が良いの」

案内された部屋は、広々としていた。端から端まで品の良い絨毯《じゅうたん》が敷いてあって、埃《ほこり》一つ落ちていない。

隅には柔らかそうなベッドが二つ置いてあって、ティアの目が丸くなる。

「……本当に綺麗な部屋ですね」

「でしょーティアちゃん！　景色もすっごく良いんだよ」

サクラはカーテンを引き開ける。

窓から現れる、一大パノラマ。厳かに立ち並んだレンガ造りの建物や、そこで暮らす町の人々、中心に噴水が置かれた広場、遠くに聳《そび》え立《た》つ時計台。町を彩る様々な景色が、窓ガラスいっぱいに広がる。

この部屋からは、町の景色が一望できた。良い眺めだ。流石《さすが》、宿の主が一番良いと言うだけある。

　景色に感動したのか、ティアは「はあー……」と嘆息を漏らす。

「本当ですね……町の景色がよく見えます」

「ここはね、丁度景色を遮る障害物がない部屋なんだー。だからね、二階だけど、景色がよく見えるの」

「こんな良い部屋に泊まらせてもらって、ありがとう」

　礼を言うと微笑《ほほえ》みながら「ううん」とサクラは首を振った。

「だって、ゼロ君は私の命の恩人なんだもん。お礼を言うのは……私のほう」

　すたすたと、サクラはこちらに歩いてくる。俺の前で立ち止まり、ピンク色に染まった頬をほころばせる。

「本当に、ありがとう……ゼロ君が来てくれなかったら、きっと私、死んじゃってたと思う」

　改めてという風に、サクラはお辞儀をした。ふわりと風に乗って、茶色の髪の毛から良い香りがする。

「ティアちゃんもお父さんを看病してくれて、本当にありがとう」

「そんな……当たり前のことをしただけですよ。サクラさんこそ、素敵な洋服をありがとうございます」

　そう言いつつも、ティアは凄《すご》く嬉しそうだった。

「ありがとうティアちゃん、どういたしまして。……さあ、これからどうするー？　良かったら、町を案内するよ」

　サクラがそう提案した時、一瞬だけティアの表情が曇った気がした。

　それから何か言いたげに、俺の方を一瞥《いちべつ》するティア。

　……何か、あるのだろうか。

「あー、そうだなサクラ。取《と》り敢《あ》えず、下で待っててくれないか。長旅で少し疲れた。ここでちょっと休んでから、案内を頼むよ」

「うん、了解。ちょうど私もお父さんと話があったから、グッドタイミング。じゃあ、下の受付で待ってるね」

　笑顔でそう応え、サクラは扉へと向かう。

「じゃあ、ごゆっくり」

　そう付け足して、サクラはゆっくりと扉を閉めた。

　見送って、俺はティアに先程の違和感を尋ねる。

「町を案内するって言われた時、浮かない顔をしていたが……どうかしたのか？」

ベッドに腰かけながらそう言うと、ティアは図星を指されたように表情をハッとさせる。

「ゼロ様には……隠し事、出来ないですね」

窓の方を向きながら、ティアは子供のように、小さく舌を出す。

それからこちらを向き直り、恥ずかしそうに自分のほっぺをさすった。

「……実はその……」

「ん？」

「喉が……渇いていまして……」

もじもじと赤くなり、目を泳がせる。

喉が渇いた、か。なるほど。つまり、血が欲しいってことかな。

「血が欲しいのか？」

顔を赤くしながら、ティアはこくりと頷く。俺はやれやれと苦笑いして、手招きをする。

「さあ、こっちに来い」

「……良いのですか？」

「断る理由なんて、ないだろ。それとも、今回も生死を彷徨《さまよ》うくらい血が必要なのか？」

ティアは目を丸くした後、ピンク色に染まった顔で小さく笑った。

「いえ、今回はほんの少しで大丈夫です」

「だったら、ほら」

ベットをぽんぽんと叩《たた》くと、ティアは犬みたいに駆け足で寄って来た。

「何度も何度も、はしたない娘ですみません……では……少しだけ、いただきます」

首に手を回し、身体《からだ》を俺に預ける。

思いのほかティアの勢いが強く、押し倒されるような形になった俺たちは、二人してベッドに倒れこんだ。

さっきまで確かな理性を宿していた少女の瞳は、どこか箍《たが》の外れた獣のような光を奥に映し、抑えきれない感情を俺に浴びせる。

上から押さえ込むように、荒い息を繰り返す少女の柔らかな肌が触れる。

頰を赤らめながら息を荒くするティアは、発情した動物のように手と手を絡ませ、抑えきれなくなった可愛い声を出しながら、マシュマロみたいな胸を俺に擦るように押し付けた。

肌はじっとりと汗ばんでいて、少女の持っている確かな熱が身体に伝わる。

一週間前から歩きっぱなしだった俺の身体を、優しく包み込む、ティアの柔らかい身体。

熱っぽい吐息が首筋にかかって、くすぐったい。

「あれ、ティア。お前の瞳、色が金に変わっているぞ。今滅茶苦茶《めちゃくちゃ》怒っているのか？」

「……全く……怒っていません……瞳の色が変わる条件は……激しい怒りと……もう一つあるのです……」

「もう一つ？　……いて」

俺の問いを無視して、少女は待ちきれないと言うかのように、がぶりと噛《か》み付《つ》いた。

首筋に痛みが、そして柔らかい唇の感触が。ティアの吐息が、肌にじんわりと触れる。

しばらくそうした後、ティアはとても幸せそうに、けれどどこか名残惜しそうに「……ありがとうございました」と言って顔を上げた。

瞳はまだ夢の中にいるように、とろんと揺れている。

金色の瞳はだんだんと色が引いて、普段通りの赤へと変わる。瞳に理性の色が戻ってくる。

するとティアは現実に戻ってきたように、急にしおらしく顔を赤らめた。

「なあ、ティア……吸血鬼にとって、血を吸うことは何を意味するんだ。食事か……？」

そう尋ねると、少女は俺の胸にそっと身体を重ね、ぽそっと呟《つぶや》く。

「……食事ではありません……どちらかと言えば――……欲です」

「ごめん、ティア。肝心なところが聞き取れなかった」

「性……――です」

「……ゼロ様は意地悪です、何度も言わせないでください」

「ん？」

俺の胸に顔をうずめ、恨めし気に呟くティア。

本当に聞き取れなかったのだが、これ以上追及して欲しくなさそうな雰囲気だったので、ごめんごめんと優しく頭を撫でる。

ティアは「……うう」と言葉にならない声を上げる。

「じゃあ、そろそろ下に降りるか」

「……はい」

乱れたシーツを整え、俺たちは一緒に部屋を出た。

階段を降りると、カウンターでサクラが退屈そうに掌《てのひら》を遊ばせていた。

けれど、俺たちを見た瞬間きらりと目を光らせ「じゃあ、今から町を案内するよ！　とっておきの場所に連れてってあげるからね」と元気に声をあげた。

親父さんに挨拶をし、俺たち三人は町に繰り出した。

レンガ造りの建物が立ち並ぶ古風な町並みは、ただ歩いているだけでも心が躍る。

そう言えば、こんな風に町を歩いたのはいつ振りだろう。

十代の前半には、既に傭兵《ようへい》として百年戦争が繰り広げられた戦場を駆け回っていた。

何度も何度も死線をくぐり、その度に強くなった。

人も、物も、国を守るために沢山壊した。

十代の半ばを過ぎた頃には、大賢者として国の命運を背負っていた。

……こんな風に自由に町を歩いたのは、もしかすると、二十年振りかもしれない。

街を行き交う子供たちを見る度に、なんだかとても懐かしい気持ちになった。

「どうしたのゼロ君？　何か良いことでもあったの？」

よほど間抜け面を晒《さら》していたのだろうか。

横に並んでいたサクラは、俺をのぞき込みながらにひひと笑う。

「……いい町だなと、思ってな」

穏やかな日差しに程よい喧噪《けんそう》、整った町並み。この町は、ある種の理想郷だった。

「でしょー。……だからね、私もお父さんも、この町が大好きなの。ゼロ君やティアちゃんは知らないと思うけど、良い人もすっごく多いんだよ」

サクラは顔をほころばせながら、少しだけスキップした。

ポニーテールが、ふわりと揺れる。

けれど、気のせいだろうか。その時のサクラの顔は、笑顔だったはずのサクラの表情は。

何故《なぜ》か、泣いているようにも見えた。


「さあ、ここが広場だよ。屋台で色んなものが売ってるから、みんなで色々見てまわろ」

ついさっき窓から見た広場だったが、実際に来てみると、思った以上に広さがあった。

中央の噴水を囲むように食べ物やアクセサリーを取り扱った出店が並んでいて、端から端まで見て回るだけで、結構な時間が潰せそうだ。

「まず、どの店から見るー？」

「そうだな……」

横にいるティアをちらりと窺う。もの欲しそうな顔で、ティアは何かを見つめている。

視線の先には、ござの上に置かれたアクセサリー。指輪。ペンダント。ネックレス。

そうか、この子も年頃の女の子、か。

俺がティアの頭を軽く撫でると、びくりとして少女は首をもたげる。

「まずは、あの店に行こうか」

微笑《ほほえ》みながら先程の店を指さすと、ティアは一瞬目を丸くした後、ぱーっと表情をほころばせた。

「いいのですか？」

「勿論《もちろん》」

待ちきれなかったのか、満面の笑みを浮かべ、ティアは店の前まで走っていった。

「……いいなーティアちゃん。私もこんなお兄ちゃんが欲しかったなあ……」

本当に羨ましそうなサクラ。何だか照れ臭かった俺は、苦笑いを返すのが精一杯だった。

「まあ、さっきいきなりヘルメスでオリハルコンを取り出した時はちょっとびっくりしたけどね、ふふ」

サクラはいたずらっぽく笑う。

宿からこの広場へ向かう際、俺たちはヘルメスへ立ち寄った。

ヘルメスとは、持ち込んだ物を店主がお金と交換してくれる施設で、ダイヤを模した紋章が靡《なび》く旗が目印だ。

元締めは、大商人アーロン・バルバリーであり、比較的大きな町には、大抵支所が出店している。

日用品から貴重品まで何でも買い取ってくれ、洞窟や森を探索して貴重品を持ち帰り、ここで売り払って生活費を稼ぐ者のことを冒険者、と呼んだりもする。

手持ちの現金がなかったこともあり、俺は身に着けていた装飾品――オリハルコン――を換金することにした。

オリハルコン。

それは、この世界で最も硬いと言われている金属。

エメラルドに更に深みを加えたような輝きを持ち、伝説の怪竜ファーブニルの牙さえ跳ね返す、絶対の硬さを誇る。

産出量が極端に少なく、滅多に市場に出回らないことから、別名【幻の金属】と呼ばれており、非常に高い値段で取引されている。

その美しさから、装飾品としても人気があり、俺が着ている服の内側にも装飾されていた。

あまり成金趣味な服は好きではないのだが、大賢者という立場上、安い恰好《かっこう》は出来ない。

そこで俺が選んだのが、内側にオリハルコンがいくつか装飾された、この黒のロングコートだ。

一見、庶民が着る服と殆《ほとん》ど変わらないように見える。

だがその内側には、オリハルコンがいくつも飾られている、最高級の衣服。

内と外のギャップが凄《すさ》まじいその服は【ゼロの大賢者】と呼ばれた自分と被《かぶ》るところもあり、俺のお気に入りの一着だった。

還《かえ》らずの森で死ぬ予定だったからか、俺が森へ放逐された時、服装は大賢者時代のままだった。

まぁ、ただオリハルコンが装飾されているというだけで、他には何の効力もない。

ギルバルドも、わざわざ奪う必要はないと判断したのだろう。

俺が服の内側からオリハルコンを取り出した時、最初店主は訝《いぶか》し気《げ》な顔をしていたが、パラパラと鑑定書をめくり、最後のページに差し掛かった時、突然叫び声をあげた。

オリハルコンは、市場には殆ど流通しない。田舎町であるドネックであるならば、尚更《なおさら》だろう。

店主はそのまま俺の顔とオリハルコンを交互に見比べ、目をぱちくりさせた後、突然ふっと大笑いを始め、店の奥から金貨を抱えて戻ってきた。

と、広場に来るまでの間でこんなことがあったのだ。

「……しかし、通常レートで換金してくれるとは、気前の良い店主だったな」

基本的に、初めて行った換金所では通常のレートよりも三割ほど換金額が低いというのが常識となっている。

だんだんと店主と顔見知りになり、お得意様になって初めて、通常レートで買い取ってもらえるのだ。

しかし、さっきの店で渡された金額は、通常レートとほぼ同額だった。

気前の良い店主だ。

「うーん、基本的にあそこの店の人は通常レートだよ。顔馴染《かおなじ》みとか関係なく。人によって差を付けるのが嫌なんだってー。あの人、顔は怖いけどいい人なの。それに、この町じゃ顔馴染みが大半だからね」

「……なるほど、な」

本当に、いい町だ。


地面にしゃがみこみ、黒い瞳をきらきらと輝かせ、宝物でも見るみたいに、端から端までじーっと目を泳がせるティアに少し遅れて、俺たちも店に辿《たど》り着《つ》く。

「お、サクラちゃんいらっしゃい。なんだ、珍しい。今日は彼氏と一緒かい？」

俺たちが店の前に来るや否や、ござに胡坐《あぐら》をかく髭面《ひげづら》の店主は、ひょうきんな声を上げる。

どうやら、店主とサクラは顔馴染みらしい。

程よく日に焼けたサクラの健康的な肌は、みるみるうちに赤くなった。

「ち、違うよドモンさん。この人は、旅の人。私が町を案内してるのー」

「なんだ、残念だな。サクラちゃんがやっと彼氏を連れてきたのかと思ったのに」

店主は人がよさそうに、にひひと笑った。

サクラは「もうー」とほっぺを膨らませる。

彼氏という単語が飛び出した瞬間、装飾品に夢中になっていたティアは、どういうわけか一瞬ちらりとこちらの方を振り返り、なんだかやりきれないような表情を浮かべた。

それから、サクラがそれを否定するや否やほっと息を吐いて、何事もなかったように再び視線をござに戻す。

その仕草が気になって、俺はティアに声をかける。

「さっき一瞬浮かない顔をしていたが。どうかしたのか、ティア？」

「……妹じゃなくて、彼女にするべきだったかな、と……」

「はあ？」

「あ！　すみません、心の声が……！」

慌てて、ティアはござに視線を戻す。

なんとなくそれ以上追及しづらくて、俺はサクラと一緒に、一生懸命にアクセサリーを見つめる少女の後ろ姿を眺めていた。

「どうだ、ティア。何か欲しいものでも見つかったか？　何でも選んでいいぞ」

それから少し経って、しゃがみ込みそう言うと、驚いたようにティアはこちらを振り返る。

「……何でも選んで……いいのですか？」

「どうして、駄目なんだ？」

問いに、問いで返す。少し俯き、ティアは満面の笑みを浮かべた。

「お兄様……大好きです」

「そりゃどうも」

「うーんと……では……これにします」

うんうんと悩んだ末、ティアが選んだのはお世辞にも綺麗とは言えない、木を燃やした後に残る灰みたいな色をした、石ころのペンダントだった。

「そんな色のペンダントでいいのか？　綺麗《きれい》に磨かれてはいるが……それはただの石だぞ？」

「そうだぞお嬢ちゃん……どうだこれ、海みたいな色をした青色のペンダントだ。それほど大きくはないが、これは石ころと違って本物の宝石だ。人気もあってすぐに売り切れる。

それに、こっちの方が綺麗だぞ」

俺たちの勧めに、困り顔をしながら、ティアはゆっくりと左右に首を振る。

「……私はこの色で……いや、この色がいいんです」

「どうしてだい、お嬢ちゃん。……並べておいてなんだが、その石ころのペンダントはずっと売れ残っている。誰も買わないんだ」

少し照れくさそうに、頬《ほお》を人差し指で掻《か》きながら、ティアは俺の方をちらりと振り返る。

仄《ほの》かに朱に染まった頬と、赤い瞳。ティアはいつもより少しだけ大きな声を出す。

「……だって、お兄様の髪と同じ色なので。こうして手に持っていると、側《そば》にいるような気がするんです……それに灰色でも、光に当たるとキラキラしてとっても綺麗なんですよ、ほら」

ペンダントを、太陽の光に掲げる。

薄金色の光を反射したペンダントの雲間から、太陽が現れる。

雨が上がってすぐの空のように、灰色のペンダントは、曇天の空に一筋の光を映し出す。

「ほら……とっても綺麗です」

ぽかんとする店主。俺はそんな少女の髪を愛《め》でるように、すーっと指を通す。

「だ、そうだ。このペンダントをもらえるかな」

「……お、おう」

灰色のペンダントをティアは、大切そうに胸に抱きしめていた。

「あ……そうだサクラちゃん。旅人さんに隠《かく》れの林に近づくなって、ちゃんと注意してあげたか？」

露店の店主はふっと何かを思い出したように、サクラに向かってそう尋ねる。

「大丈夫大丈夫。後でちゃんと言っておくよー」

隠れの林？　なんだ、それ。……まあ、いいか。サクラが後で説明してくれるのだろう。

「最近は大賢者様が国王様を暗殺しようとしたり、何かと物騒なことも多い。ちゃんと、旅人さんに伝えてあげるんだぞ」

「……そう、だね」

サクラはどこか陰のある表情で、相槌《あいづち》を打つ。

「大賢者様が国王様を暗殺かー。一週間くらい前の話だよね……あの時は町中大騒ぎだったなー」

思い返すように、サクラは腕を組んで、うんうんと首を振る。

「……濡《ぬ》れ衣《ぎぬ》ですよ、絶対。大賢者様は……ジーク様は絶対に絶対にそんなことをする人じゃありません」

まるで真相を知っているように語るティアに、店主とサクラは揃《そろ》って目を丸くした。

「ティアちゃんは大賢者様のファンだったの？」

「……とりあえず、私は信じています。絶対濡れ衣だって」

口を堅く結び、ティアはそう断言した。何も知らない二人は、訝し気な顔を返す。

ありがとう。

そう言うわけにはいかない俺は、苦笑いするより他はなかった。


あれから俺たちは、三人で色々な店を見て回った。

屋台で焼き鳥を買ったり、輪投げをして遊んだり（これはサクラがやりたいと言った）。

俺とティアと、サクラと。三人で笑いあいながら、幸福なひと時を楽しんだ。

店主は皆良い人たちで、俺とサクラが暖簾《のれん》をくぐる度に「お、サクラちゃん彼氏かい」とからかってきた。

その度に顔を赤くして反論するサクラと、浮かない顔をするティアに可愛さを覚えつつ、俺はいつの間にかこの町が好きになっていた。

町を歩きながら、俺は胸の内にじんわりと温かいものが広がるのを感じていた。

「さあゼロ君、ティアちゃん、この階段を上がれば目的地だよ」

あらかた広場を見て回った後、サクラは『とっておきの場所に連れてってあげる』と俺たちに告げた。

案内に従って、サクラについていく俺とティア。

歩くこと、広場から十数分。どうやら、もうすぐ目的地らしい。

前を行くサクラの後を辿《たど》り、石造りの階段を一段一段上る。

辺りはもう夕暮れ。明るいオレンジの光が、町の景色を優しく包み込む。

茜色《あかねいろ》の空。赤レンガの町並みはそんな黄昏《たそがれ》を浴びながら、幻想的にきらきらと輝いていた。

「さあ、着いたよ！　ここが私のとっておき！」

サクラは両手を大きく広げ、少し前まで走っていき、笑顔でこちらを振り返る。

夕焼けに照らされた薄茶色のポニーテールが、細やかな光を反射していた。

「わあ……すごいです」

目を大きく見開き、ティアが感嘆の声をあげる。

「そうでしょう」と得意げに胸を張るサクラ。

「……絶景だな」

俺も、思わずそんな言葉が漏れる。

「でしょう。ここはね、この町で一番高い場所。一番景色の良いところなの」

サクラは自慢げな微笑《ほほえ》みを返す。

俺たちが連れてこられた場所。それは、ドネックの町を一望できる高台だった。

さっきまで俺たちのいた広場や、サクラたちが経営する宿屋が、ここから全て見通せる。

それは茜色に輝く黄昏の空と相まって、町全体が魔法にかけられたように、美しく俺たちの瞳に映り込んだ。

賑《にぎ》わう町の喧噪《けんそう》から少し離れた場所にあるこの高台からの眺めは、まるで天から地上を見下ろしているような、そんな錯覚さえ感じさせられる。

俺とティアは、しばらくこの夢のような光景に、目を奪われていた。

そんな俺たち二人を見て、したり顔でにひひと笑うサクラ。

「喜んでもらえたみたいで、よかった。私たちの宿屋もね、すっごく良い景色が見えるんだけど、やっぱりこの場所にはかなわないの」

後ろ手に手を組んで、サクラは目を伏せる。

そのまま、雰囲気を壊さないようにか、俺たちのほうに一歩一歩静かに歩み寄る。

「……ねえ、ゼロ君、ティアちゃん……良かったら、この町で暮らさない？」

俺の目の前で、サクラはゆっくりと目を開ける。

背後から射《さ》し込む夕暮れの光を浴びて。まるでその時、サクラは天国へ俺たちを導きに来た、天使のように見えた。

不安げな眼差《まなざ》しで、ティアはチラチラとこちらを窺い見る。少し驚いた俺は、微笑みながら、けれど首を左右に振った。

「……それは、出来ない」

「どうして？　二人は、旅をしてるんでしょ。だったら……」

サクラの口元に人差し指を一本立てる。

ゆらゆらと揺らめく瞳が、俺をじっと見つめた。

「やらなければ、いけないことがあるんだ」

この町は、良い町だ。景色は良い。程よい賑わいもある。

おまけに会う人会う人、みんな良い人だ。

そう言えば、この町に来てからまだ一度も鑑定されていない。

『鑑定魔法』。

一定レベル以上の魔法使いであれば、誰でも使用することが出来る魔法であり、その者のマナの量を可視化することが出来る。

基本的に、他人を鑑定することはマナー違反だというのが常識で、戦闘時や動植物に対して使用するのが主流だ。

けれども人間というのは浅ましいもので。町に来た余所者《よそもの》は、鑑定されるというのが常。

昔の俺もよく勝手に鑑定され、マナがゼロの半人と罵られた上、ゴミを投げられるようなことも多かった。

だけれどここに来てから、そんなことは一度もない。……この町の人たちは、本当に良い人たちなのだろう。

だが。

「……やらなければ、いけないこと？」

「そうだ」

俺は、やらなければいけない。

ギルバルドを、倒さなければいけない。

国を、レイアを、救わなければならない。

……立ち止まる、わけにはいかない。

サクラはぽつりと何かを呟いた後、顔をふっと上げた。仄《ほの》かな諦観を瞳に浮かべた少女と目が合う。

「……それは、とっても大切なことなの？」

「ああ、大事なことだ」

「わかった。……わがまま言って、ごめんねゼロ君、ティアちゃん」

申し訳なさそうに、サクラは微笑む。

茜空の色が、だんだんとその濃さを増す。サクラは少し俯《うつむ》いて、顔を上げた。

「じゃあ、最後に一つだけ、ワガママ」

仄かに朱に染まった、サクラの頰。足をもじもじとさせながら、上目遣いでこちらを見上げる。

胸の谷間が見え隠れするその姿は、ひどく煽情的《せんじょうてき》だった。

「……い……いつもティアちゃんにやってるみたいに……頭を撫《な》でてください」

急に弱気になり下手に出るサクラの意外な申し出に、俺は思わず笑いが込み上げる。

「わ……笑わないで……さ……さっきからずっと羨ましいと思ってたの」

「ごめんごめん」

「……ん」

俺は微笑みながら、サクラの頭を優しく撫でる。光沢のある薄茶色の髪は、手触りよく、肌に馴染《なじ》む。

唇をかみながらきゅっと目を瞑《つぶ》り、サクラはもじもじと俯く。

ピンク色の頬が、ますます赤くなる。

「……ありがとう」

顔を上げ、少女は照れくさそうに微笑む。

頬《ほお》は真っ赤に上気していて、瞳も夢を見ているように、とろりと揺れている。しばらくそうしてぽわぽわと黄昏た後、少女はすーっと深呼吸をした。目をすっと開け、俺たちに微笑みを返す。

「……あのね、ゼロ君とティアちゃん。やらなければいけないことが終わったら……もう一度、この町に会いに来てくれる？」

俺とティアは顔を見合わせる。

ティアは何か言いたそうな顔をしていたが、小さくため息を吐《つ》いた後、何かを諦めたような微笑みを浮かべた。

「勿論《もちろん》」「もちろんです」

全て終わったら、必ず会いにこよう。

なぜなら俺は、この町が、この町の人たちが、好きだから。

「……ありがとう……約束ね」

「ああ、約束だ」

「ねえ、ゼロ君……」

「ん？」

「いや……ごめん、なんでもない。さあ、そろそろ宿に帰ろ！　きっとお父さんが、すっごく美味《おい》しい晩ごはんを作ってくれてると思う」

「料理か……楽しみだな、ティア」

「……そうですね、お兄様」

サクラの案内に従って、俺たちはこの夢のような景色に別れを告げた。

最後にサクラが何を言いかけたのか。それがわかったのは、もう少し後になってからだった。

「……あ、お兄様……その、部屋に戻ったら私にもあれ、やってください」

階段を下りている最中、ティアは俺にしか聞こえないような声でそう呟《つぶや》く。

「ん？」

「……頭を撫でるやつです」

「ティアにはよくやってると思うが」

「二人きりで、やってほしいのです……ダメですか？」

僅かに頬をぷっくりとさせて、じーっとこちらを見つめるティア。

妹なりに、対抗意識でも燃やしているのだろう。

「わかったよ」

「……ありがとうございます」

吸血鬼の少女は、満足気に顔をほころばせた。


「この料理……すっごく美味しいですね」

「そうだろ、それはな、鶏肉《とりにく》を二時間トマトと一緒に煮込んだんだ。宿の看板メニューなんだぜ」

料理を頬張《ほおば》りながら舌鼓を打つティアに、サクラの父は得意げな顔で答える。

あの後、俺たちは宿に帰った。

宿に着いた頃にはもうすっかり夜になっていて、黄昏の茜空は姿を消していた。俺たちの帰るタイミングと、夕食が出来上がるタイミングはピッタリだったようで、『お、よく帰ってきたな、丁度今晩飯が出来たところだぜ』と、顔をほころばせるラルフが、俺たちを出迎えた。

「しかし……本当に、星がよく見えますね」

満天の星を仰ぎ見ながら、ティアは「はーっ……」と感嘆の声をあげる。

星々の瞬く、雲一つない夜空。部屋の中で食べても味気ないので、外のテラスで食べようとサクラが提案したのだ。

そんなわけで俺たちは今、宿の裏側にあるテラスで星空を背景に夕食を取っている。

見上げれば、星降る夜空。手を伸ばせば、今にも届きそうなほど星が近い。

視線を下におろせば、父親が腕によりをかけて作った豪勢な料理。

鶏肉のトマト煮込みをメインに、卵とチーズのリゾット。色とりどりのサラダの盛り合わせ。

そして、デザートにはちみつをかけたパンケーキが添えられている。

どれも、本当に美味しい。

美しい夜空と相まって、この食事は、忘れられない思い出になりそうだ。

俺たち四人は他愛《たあい》もない話に花を咲かせながら、夕食を楽しんだ。

ラルフがサクラの昔話をする度に赤い顔で抵抗するサクラがやけに可愛くて、思わず顔がほころぶ。

星が咲き乱れる夜空。俺たちはいつまでも、笑いあっていた。


「ごちそうさまでした」

四人で一粒残さず綺麗《きれい》に完食し、俺は手を合わせる。

久しぶりの落ち着いた夕食は、思わず唸《うな》ってしまいそうなほど美味だった。

本当に、泊まったのがこの宿で良かったと改めてそう思う。

「どうだ、美味《うま》かったか？」

ナプキンで口をふいていると、対面に座っていた父親が身を乗り出してそう尋ねてくる。

「勿論。今までで、一番かもしれない」

一番……というのは些《いささ》か言い過ぎだが、ラルフに喜んでほしくて、俺は少しの下駄《げた》をはかせる。

「そうか……そりゃ良かった。ティアちゃんはどうだ？」

「私も、今までで一番かもしれません」

親父《おやじ》さんはとてもうれしそうに、にんまりと笑顔を作った。

「良かったね、お父さん」

「ああ、俺も娘の恩人様に『美味しい』と言われた今日が、人生で一番嬉《うれ》しい日かもしれない」

満面の笑みを浮かべるラルフ。

けれどその後、ラルフは少し無言になった。思案気に俯いて、思い立ったように顔を上げる。

「……なあ、ゼロさん」

あまりに真剣なその表情に、俺は一瞬身構える。そのまま強く唇をかみ、サクラの父親は俺の瞳を真っ直ぐに見つめた。

「……もしよかったら……サクラを一緒に……旅に連れて行ってもらえないか」

「……なに？」

それは、思いもよらない頼みだった。賑《にぎ》やかだった場の空気が、凍る。

青い顔をして、サクラは父親に詰め寄る。

「ちょ……ちょっとお父さん、どういうこと！」

そんな娘に一瞥《いちべつ》もくれず、ラルフはじっと俺の方を見つめる。

今までのラルフからは想像できないような、真剣な眼差《まなざ》し。鋭い眼光は、瞬《まばた》きもせずに、俺を捉《とら》え続ける。

……決して冗談で言っているわけじゃない。

父親は、本気なのだ。本気で、娘を連れていけと言っている。

「理由を聞かせてくれ」

俺とラルフは見つめ合う。急に現れたシリアスな雰囲気に、ティアはおろおろとまごついていた。

「……なに、可愛《かわい》い子には旅をさせろっていうだろ。そろそろサクラも十七だ。この町以外にも、外の世界を見てきた方がいい」

表情をほころばせ、父親は微笑《ほほえ》みを浮かべる。けれどその笑顔は、どこかぎこちなく強張《こわば》っていた。

一目でわかった。作り笑いだ。この男は、嘘《うそ》をついている。

テーブルを両手で強く叩き、サクラは尚《なお》も反論する。

「……今日の昼……約束したじゃない……ずっと一緒だって……約束したじゃない」

「……」

涙目のサクラに少し動揺したのか、父親の瞳に微《かす》かな揺らぎが生まれた。

詳しいことはわからないが……。

一つだけ、確かなこと。この二人は、何かを隠している。

ティアと俺だけが、場の雰囲気から取り残されていた。

「どうだ、ゼロさん。サクラは器量も良いし、気配りも出来る俺の自慢の娘だ。あんたの旅の邪魔にはならねえ」

サクラを振り向かず、ラルフは濁り切った瞳で俺を捉え続ける。

……そう言えば、出会った時からこの二人は妙だった。

まず、娘の方にだけかけられた呪い。どうして父親には魔法をかけず、娘だけ呪うんだ。

賊は金品を奪う為《ため》に、相手を抵抗できなくさせる必要がある。

だから本来呪いをかけるならば、娘ではなく戦力になりそうな父親の方のはず。

どうして賊は娘を……娘だけを呪ったんだ。その上、呪印に施された魔法陣は、高級《ランク》だった。

Ｂ級《ランク》というのは、魔法使いの上位２％と言っても差し支えない。

通常高ランクの呪いというのは、発動する側にとっても手間がかかる。

殺す方が、よっぽど楽だ。……なんとなく、話が見えてきたな。

「……追われているのか？」

俺が問いかけた瞬間、サクラとラルフの表情が凍った。

図星、か。なるほど、やはりそういうことか。

この親子を襲ったのは賊ではない。この二人に、何らかの恨みがある人物だ。

……そうか、だから娘の方にだけ呪いをかけたわけか。

父親に娘を救えなかったという十字架を一生背負わせていくために。

一体、誰がこの幸せな親子に、恨みを。

「あんたには……全部お見通しってわけか」

父親は観念したように、ふーっと大きなため息をつく。それから鼻をぽりぽりと掻いて、
天を見上げた。

「……俺とサクラはな、もともとこの町の住人じゃないんだ」

「……」

サクラはやり場のない瞳をすっと逸らした。

「俺たちは七年前に……ここに流れ着いてきた。ある組織から逃れてな」

「ある組織？」

ポケットに手を突っ込んで、父親は立ち上がった。夜空を見上げ、背中を向けたまま答える。

「黒い鷹《たか》……っていうな」

黒い鷹。その言葉には嫌と言うほど聞き覚えがあった。

エメリアの北西部を拠点とする、犯罪組織集団。マフィアという呼ばれ方もする。

百年戦争が長期化した元凶であり、かつてはエメリアで最大規模を誇ったマフィアグループで、政治にも大きな影響力を持っていた。

実際、俺が大賢者として政治を動かしている時も、貴族たちの陰にこの組織が見え隠《かく》れしたことが何度もあった。

国王に仕える貴族とマフィアの繋《つな》がりは、大問題だ。

大賢者時代、俺は何度も組織を壊滅させようと画策した。

だが、いつも貴族との決定的な繋がりの証拠を摑《つか》む寸前で当事者が不審死を遂げたり、ボスである【ルード・ヴェルフェルム】の居所が摑めなかったり等、遂《つい》に致命的なダメージを与えることが出来なかった。

……苦い記憶だ。

しかし、ここ二、三年、ルード・ヴェルフェルムの高齢化と、主要幹部の相次ぐ離反により、勢力を大きく落としていると聞く。実際にここ最近では、王宮でもその名を聞くことは殆《ほとん》どなくなっていた。

黒い鷹は俺が手を下さずとも、自然に崩壊していったのだ。

「俺はな……そこの構成員だったんだ。組織を逃げ出してから、七年間何事もなく平和だった……どうしてこうなっちまうかねえ」

父親は自嘲するように笑った。

「本当に、偶然だったんだ。本当に、な。黒い鷹はな、最近組織が内部分裂していて、主要幹部が何人か構成員を引き抜いて新しいグループを作っているらしい」

沈黙するサクラ。ティアは何も言わず、不安げなまま俺たちを見つめている。

「その中のグループの一つが、最近この地方を拠点にし始めた……しかも、いつの間にそこまで出世していたのやら。ボスは俺の、かつての上司でなあ……。本当に、笑うに笑えないぜ」

「今朝襲われたのは、それが原因か」

「ああ、どうもそうらしい。本当は、もう少し前から目を付けられていたみたいだ。組織に戻るか、逃げるか。どちらかを選べと言われたよ……もう、七年も経つのによ、いい加減顔を忘れてくれと運命を呪いたくなる」

「逃げればいいじゃないか、サクラと、二人で」

父親は笑いながら、首を左右に振った。

「……もし逃げたら、町に火を放つと脅された……この町は好きだ。流れ着いた俺たちにも、親切にしてくれた。この町を、裏切りたくはない」

沸々と、怒りが湧いてくる。拳をぎゅっと握りしめる。

「くだらない奴らだな」

切なげに笑んで、親父さんは「ありがとう」と言った。

悟ったようなその笑顔に、煮えたぎるような感情の渦が、少しだけ収まる。

「……怒ってくれて、ありがとうな。だけど、あんたでも無理だ。奴らには敵《かな》わない。……向こうの構成員は三十人以上いる。どいつもこいつも、一筋縄じゃいかない魔法使いだ。ボスのグランヴァイオはA級で、構成員も最低C級《ランク》……あんたには、本当に世話になった。連中はな、サクラを死んだと思っている。あんたが助けてくれるなんて、完全に想定外だったんだ。だから、奴らに従うのは俺一人でいいんだ」

サクラは俯《うつむ》いたまま、こちらを見ようとしない。いつもの笑顔で父親はニカッと笑った。

「なあ、ゼロさん。あんたがサクラを旅に連れて行ってくれれば、これでもう全て解決だ。この場所から離れれば、もう二度と組織と関わることもないだろう。おまけに、あんたと一緒なら安心だ」

ラルフはこちらに向き直り姿勢を正し、そのまま真っ直ぐに俺の目を見つめ、大きく頭を下げる。

「頼む……。迷惑なこともわかってる……常識はずれなこともわかってる……宿に泊まらないかなんて提案をしたのも、全部このためだ……本当に、最低だよな。だけど、サクラは俺の……大事な大事な娘なんだ。こいつはな、俺に付いていくって聞かないんだ……お父さんが好きだから……付いてくるって聞かないんだ……」

だんだんと、涙声に変わる。ティアもサクラも、目を覆っていた。

「……でも、あんたと一緒なら、サクラも納得してくれると思う……そうだろ、サクラ？」

サクラは何も言わない。ただ俯いて、顔を両手で覆っている。

「……サクラと二人で、話をさせてくれないか」

星が流れる夜空。そのあまりにも美しすぎる夜景を壊さないように、俺は静かにそう言った。

席を外してもらうため、ティアと父親には宿の中へ入ってもらった。

ティアは一瞬躊躇《ためら》うような表情を覗かせたが、俺の意図を汲《く》んでくれたのか、素直に言うことを聞いてくれた。

俺はサクラと向かい合う。どうしても、二人きりで話したいことがあったからだ。

しっとりとした空気を包み込む、満天の星。サクラは俯いて、俺の方を見ようとしない。

「……今まで黙ってて、ごめんね」

俯きながら、サクラは弱々しく呟《つぶや》く。俺は何も言わず、黙って首を左右に振った。

「ありがとう。ゼロ君は優しいね」

サクラは顔を上げる。涙で赤くなった少女の瞳。顔をくしゃりとさせ、サクラは俺に笑いかける。

「……あのね、実は私とお父さんは……本当の親子じゃないの」

俺に背中を向け、サクラは天を見上げる。

いつもピンと伸びていた少女の背中は、なぜかその時、酷く歪《ゆが》んで見えた。

「私はね、黒い鷹に貴族の貢物として拉致された、かわいそうな女の子だったの」

振り返り、まるで楽しい話でもしているような表情で、サクラは笑った。

悲しいくらい場にそぐわぬその態度に、一瞬心が揺れる。少し目を伏せ、サクラは生い立ちを語り始めた。

「偉ーい貴族様に、献上する用だったんだって。ね、私ってすごいでしょ。お偉い様用に幼くて可愛くないとダメだから、わざわざ家に踏み込んで両親を殺してまでして私を連れ去ったんだよ」

ひと時も笑顔を崩さず、声のトーンも明るい。

けれど、その声はまるで作り物のように、無機質で冷たく感じられた。

過去をどうにか明るく語ろうとして、けれど心がどうしてもそうさせない。そんなちぐはぐな感情が、表れていた。

「……お父さんはね、私のお世話係だったの……檻《おり》に入れられた私に、毎日二回食事を渡す係。初めはね、凄《すご》く怖い人かと思った……全然笑わないし、私が話しかけても、うんともすんとも言わない」

でも、とサクラは目を伏せる。

「ある時ね……寝ぼけていた私は、食事を渡しに来たその人に……お父さん？　って言っちゃったの。まあ、単なる言い間違い。その時私は幼いながら大分参ってたから、つい言っちゃったんだと思う」

くすっと、思い出し笑いをするサクラ。後ろ髪をかきながら、照れたように続ける。

「するとね、私が何を言ってもうんともすんとも言わなかったその人が、急に泣き出したの……檻の前で膝をついて、子供みたいに声をあげながら。そしてね、私にごめんなさいって何度も繰り返すの」

呆《あき》れるように、サクラはふーっとため息をついた。

「……本当に馬鹿だよね。謝るなら、最初から黒い鷹なんて入らなけりゃいいじゃん。……その人にもね、昔娘がいたんだって。でもね、ずっと病気だったの。それも、治療費がすっごくかかる厄介な病気でさあ。だからね、娘の治療費を払う為《ため》に、汚い仕事にも手を染めた……そうしていたら、いつの間にか黒い鷹にまで流れ着いちゃったんだって」

本当に、馬鹿だよね。言葉とは裏腹に、サクラは慈しむような微笑《ほほえ》みを浮かべる。

「でね、結局その娘さんは助からなかった。その人の奥さんも、黒い鷹で悪事を働くその人に愛想をつかして出て行っちゃってね……ひどいでしょ、その人は娘を守るために一生懸命だったのにね」

口をへの字に曲げるサクラ。夜空には、きらきらと星が輝いている。

「もう何もかもどうでもよくなって、自分の感情を押し殺して、死んだ目で生きてきて……私に会ったのは、丁度その頃みたい」

サクラはゆっくりと目を閉じた。その瞼《まぶた》の裏側には、一体どんな景色が広がっているのか。

何も知らない俺に、わかるはずはない。

「私が間違えてお父さんって呼んだときね。自分の娘も守れなくて、おまけに他人の娘まで不幸にして……いったい自分は何やってるんだ、って思ったんだって」

サクラは静かに、目を開く。真っ直ぐに見つめ合う俺たち。

星空に輝く月だけが、俺とサクラを見ていた。

「それからのその人は凄かった。次の日上司の机から鍵を盗んできてね、私を連れだしたの。次の日だよ？　信じられないでしょ？」

すらりとした腰に手を当てて、サクラは笑う。俺も笑いながら「そうだな」と返した。

「貴族の慰み者になる前に、どうしても私を逃がしたかったんだって。でも、流石《さすが》にもうすこし段取りってものがあるよね。全然計画とか立ててなかったから、勿論《もちろん》途中で見つかってさあ。怖い人たちに追われるのなんの」

大切な思い出を懐かしむように、そのまま少し目を伏せて、サクラは小さくため息をつく。

「……周りを囲まれて、もうダメだ、ってなったんだよね……でね、二人して目を閉じた。

そしたらね、不思議なことに次に目を開けた瞬間、今まで私たちを追っていた人たちが、全員地面に倒れていたの。それでね、黒髪の男の人だけがそこに立ってた。きっとその人が、助けてくれたんだと思う」

うっとりと、少女は目を輝かせる。

黒髪の男の人……か。

「何も言わず、その人は少しだけ微笑んですぐにその場からいなくなっちゃった。……どこかで見たような記憶はあるんだけど……結局誰だったのかは、分からずじまい。そうして何とか組織から逃げだした私たちは、この町に流れ付いたの」

「……なるほど、な」

そうかサクラ、お前は。

「その人ね、私を本当の娘みたいに扱ってくれた。私が熱を出したら近所中に頭を下げて、熱を冷ます方法を聞いたり。ちょっと怪我すると、死ぬんじゃないかってくらい大騒ぎしたり……医者に行けばいいのに、パニックになってそんなことも思いつかなくなるの……本当に、馬鹿でしょ？」

「良い親父《おやじ》さんだな」

サクラはとても満足気に、こくりと頷《うなず》いた。

「……だからね、私もいつしかその人のことが好きになってた。お父さんって初めて呼んだ日ね、もう信じられないくらい泣いたんだよ。まだ宿屋の営業時間中だったからさ、お客さんもいったいどうしたんだーって感じでさ。もう、大変だったんだから」

星空を見上げるサクラ。そのまま両手をいっぱいに広げて、星を摑《つか》もうとする。

「お父さんはね、私がいないと駄目なの。あんなお父さんだけど、私にとっては世界で一番のお父さんなの。……だからね」

「だから、付いていくのか」

サクラにかぶせるように、俺はそう尋ねた。

少し目を丸くして、少女はそれから小さく頷く。

「……そう。私は、お父さんに付いていく。お父さんはゼロ君に付いていけって言ったけど、やっぱりそれは出来ない。……今までありがとうね、ゼロ君」

「それは、お前の満足いく結末なのか？」

「……うん。私はお父さんが、好きだから」

微笑みながら、サクラは小さくお辞儀をした。

それは、別れの挨拶だった。この章に幕を下ろす、少女の決意だった。

ファンファーレとともに、サクラと父親、二人の物語の幕はだんだんと降りていく。

ビターエンドに満足した観客たちが、帰り支度をし始める。


その中で、一人。

ただ一人満足していない者がいた。

俺は立ち上がり、急いで舞台まで走る。


「なあ、サクラ……」

「ん？」

満足気に笑みながら、少女は俺を振り返る。

俺の表情があまりに鬼気迫るものだったからか、サクラは一瞬ビクリとした。

「だったらどうして……お前は俺に、この町で一緒に暮らさないか、なんて言ったんだ」

あの時、サクラは俺に言った。

『この町で一緒に暮らさない？』

本当に父親と町を離れる気なら、果たしてそんな提案をするだろうか。

サクラは何も言わず、俯《うつむ》いた。

「どうして、お前はまたこの町に会いに来てなんて、出来もしない約束を俺に取り付けたんだ」

『……あのね、ゼロ君とティアちゃん。やらなければいけないことが終わったら……もう一度、この町に会いに来てくれる？』

サクラは俺と目を合わせようとしない。

唇を噛んで、俯いたままだ。

「サクラ、お前はあの時最後、何か言おうとしたよな。一体お前は、何を俺に伝えようとしたんだ」

『ねえ、ゼロ君……いや……ごめん、なんでもない』

幕が下がりきる前に、俺は何とか間に合った。

身体《からだ》を滑り込ませ、舞台袖に下がろうとしているサクラに、思いを伝える。

身体を小刻みに震わせるサクラ。俯いたまま、涙をボロボロと溢《こぼ》す。

雨粒のような涙でくしゃくしゃになった顔で、サクラは俺を見上げた。

「……本当は……この町から……離れたくなんかない……あんな奴らのいるところに……戻りたくなんか……ない……お父さんと二人で……この町で暮らしていたい……ねえ、ゼロ君……」

——助けて。

偶然か、必然か。

その時、夜空に、一つの星が流れた。

「——その言葉が、聞きたかった」

「……え？」

幕は、再び上がる。

まだ終わっていない。この親子の物語は、まだ終わっていない。

終わらせるものか。こんなふざけたエンディングで、満足などするものか。

「お前の願い、聞き遂げた。安心しろ。やっぱり無理でしたなんて、俺は死んでも言わないから」

涙で赤くなった目を丸くするサクラに、俺はそう約束した。

サクラは震える声で、応答する。

「え？　でも敵は……三十人以上……それも、一筋縄じゃいかない……」

その時だった。勢いよく、テラスの窓がガラリと開き、ティアが中から現れる。

血相を変え、緊急事態の発生を俺に伝えた。

「……大変です、サクラさんのお父さんが……いなくなりました！」

第三章　新たな力

大慌てで走ってきたのだろうか。ティアは全身から汗が噴き出していて、はあはあと肩で息をしていた。

予想外の事態に、サクラの表情が消える。口元に手を当てて、唇をわなわなと震わせる。

「……きっと、奴らのもとに向かったんだ」

力なく項垂《うなだ》れて、サクラは足元にしゃがみ込む。

さっきまで頭上に輝いていた月。だが今は、雲に隠れて見えない。

俺は冷静に、状況をティアに確認する。

「状況を詳しく教えてくれないか、ティア」

ティアは唇を噛《か》む。

「……あの後宿の中に入った私たちは、一階のソファーで待っていたんです。それで、サクラさんのお父さんは、少し書類の整理をしてくるとカウンターの奥にある部屋に入っていかれて。私、外に出しちゃいけないと思って、外に出ようとしたら止めるつもりだったんです……でも、奥の部屋だったら大丈夫かと思って、それでなかなか戻ってこなかったから、どうしたんだろうと思って扉を開けたんです……そしたら誰もいなくて……おかしいです、窓なんてどこにもないはずなのに……」

おろおろと狼狽《うろた》えながら、ティアは早口で説明する。

窓のない部屋から、抜け出した……？

一体、どういうことだ。心当たりがあるのか、サクラは表情をハッとさせる。

「……奥の部屋は、本棚の裏に隠し扉があるの。……もしも、黒い鷹《たか》の人たちが乗り込んできても逃げられるように、お父さんが……」

……なるほど、本棚の裏に隠し扉、か。

いざという時にそこから外に出て、裏から扉を隠せば、相手には気づかれず外に出られる……ってことだな。

まさか黒い鷹ではなく、黒い鷹から親子を守ろうとする俺相手に役に立つなんて、皮肉なものだ。

……これで状況ははっきりした。サクラの父親は、黙って敵のもとへ乗り込みに行ったんだ。

自分一人で全てを解決するつもりなんだ。一人組織に戻り、この物語に幕を下ろすつもりなんだ。

サクラを一人、俺たちのもとへ残し。

……悪いが、そんな結末認めはしない。

この親子には、必ず幸せになってもらう。

「ティア、親父《おやじ》さんが奥の部屋に入ったのは、どれくらい前だ」

「……十分くらい前だと思います……本当にごめんなさい……私がちゃんとしていれば……」

ティアは俯《うつむ》いて、涙目になる。

十分……か。

「サクラ、親父さんが向かった先に心当たりはあるか」

枯草のように地べたに項垂れて、サクラは無言で首を左右に振る。

「……ごめんなさい……敵のアジトがどこにあるのか……私にはわからない……あいつがお父さんに場所を告げていたのは知ってるんだけど……その時呪いで苦しくて……詳しい

場所までは聞き取れなかった」

放心したように、サクラは静かに夜空を見上げる。

頭上には、曇り空。もう、星は見えない。星に手を伸ばそうとして、そのまま、何もかも諦めたように、サクラはゆっくりとその手を下ろす。

目を閉じて、瞼《まぶた》の内側に、懐かしい思い出だけを描く。

未来を諦めた人間は、過去に思いを馳《は》せるしかない。

「……なあ、サクラ。どうしてそんなに項垂れているんだ。さっき約束しただろ。やっぱり無理でしたなんて言わないって」

「もう、無理だよ……もう無理」

目を伏せ、サクラは諦めを口にする。

「……ティアは、どう思う？」

「お兄様……」

ティアも、俺の目を見ようとしない。

「――なんだ、まだ諦めていないのは俺だけか」

空気中のマナを集中させる。

身体を空間に溶かす。そんなイメージを構築する。

太陽が沈み、マナの濃度が落ちる夜。この能力──《マナ探知《アイステーシス》》は、本来ならば使えない。

だが、出来るはずだ。

吸血鬼になり、闇の世界に半歩足を踏み入れた俺ならば──闇のマナが使える今ならば。

俺の足元に、魔法陣が出現した。薄青い光が、全身を包み込む。

光は夜の薄闇を照らし出し、幻想的な光景を作り出す。光はだんだんと強さを増し、いつしか空に輝く月のように、まるで俺たちを導くかの如《ごと》く、周囲を明るく照らし出した。

異変に気付いたのか、俯いていたサクラはハッとして首をもたげる。

目と目が合う、俺とサクラ。俺は、微笑《ほほえ》みを返す。

「……光が……広がって……何、この魔法……こんなの見たことない……!」

サクラが目を丸くしている。

虚無が支配していたその眼差《まなざ》しに、光が満ちる。俺の方を見上げ、口をぽっかりと開けるサクラ。

それはティアにしても同じで、突然目の前で起こった理解不能な出来事に、驚愕《きょうがく》の表情を浮かべるばかりだった。

「――見つけた」

空気中に漂う無限のマナ。俺はそれを、自由自在に操ることが出来る。

意識を極限まで集中させると、空気中のマナを通して、人の気配を感じるなんてことも容易《たやす》い。

ある程度触れ合ったことのある人物ならば、個人を特定することも可能だ。

だが、これには一つ制約があった。それは、マナの濃度が高まる昼間にしか、使用出来ないという枷《かせ》。

太陽の沈む夜は、光のマナが薄くなる。一定以上の濃さがないと、気配を探りきることが出来ないのだ。

しかし、吸血鬼になり闇のマナともコンタクトが出来るようになった今の俺ならば、それらは全て過去に過ぎない。

この町を出て、東へしばらく行ったところから感じる気配。

間違いなく、親父さんだ。

勿論《もちろん》、こんなことが出来るのは世界でただ一人——俺だけだろう。

大気中のマナとコンタクトが取れる人物を、俺は俺以外に知らない。

二人が驚くのも、無理はない。

「……え？」

サクラは俺を見上げる。

さっきまで、抜け殻のように打ちひしがれていた少女の瞳に確かな光が灯っていた。

「親父さんを見つけた。ここから少し、東に行ったところだ」

薄茶色の瞳が、大きく見開かれる。絶望が希望に、塗り替わる。

「……見つけた？」

「ああ。今から行けば、まだ間に合う」

信じられないという風に、俺の方をじっと見つめるサクラ。

「……本当に……あなたはいったい……」

サクラは表情を、驚き一色に染める。俺はあの時みたいに、微笑みだけを返す。

いつの間にか顔を出す、雲に隠れていたはずの月。

夜空には再び、幾千もの星が浮かび上がっていた。

星の降る夜。少女の願いは流れ星に乗って確かに、俺の元に届いた。

後はその願い、叶《かな》えるだけだ。

冷ややかな夜の空気は、肌に纏《まと》わりつきながら、身体《からだ》の熱を冷ましてくれる。

今日の夜風は、心地いい。

「さあ、何をしている、サクラ」

「……え？」

「早く俺の背中に掴《つか》まれ」

事態が呑《の》み込めていないという風に、口をぽっかりと開ける少女。

俺はそんなサクラを、優しく諭す。

「……一人で勝手に先走ってしまう馬鹿親父に、ガツンと言ってやれるのはお前しかいないだろ？　まあ、強要はしない。ついて来るか来ないかは、お前に任せるが、な」

「行く……！」

俺が髪をかき上げると、小さな微笑みを浮かべて、サクラはこくりと頷く。

「了解」

その頬《ほお》は、僅かに赤い。

しゃがみこんだ俺の背中に乗りかかる、ティアよりも少し小ぶりな胸の柔らかなふくらみが、背筋に伝わる。

「……あ、あの！」

「どうした、ティア」

俯きながら膝をぎゅっと握り、ティアは絞り出すような声を発する。

「……あの……私も……付いていきたいです！」

捨てられた子犬みたいな顔で、ティアはこちらを見上げる。

「危ない目に遭うかもしれないぞ？」

「あ……う……覚悟の上です……！　それに、サクラさんのお父さんがいなくなってしまったのは、私の責任でもあります。一緒に行かせてください……駄目ですか？」

苦笑いをしながら、そっと右手を差し出すと、ティアは赤い瞳をビー玉みたいにきらりと光らせる。

まあ、俺が付いているんだ。一人で置いておくよりも……寧《むし》ろ安全か。

「いいのですか……！」

「ああ」

少女は頬を僅かに上気させ、にんまりとこちらを見上げた。

そのまま頷《うなず》いて、小さな手で、しっかりと俺の手を握り返した。

「背中はサクラで満員だ。だから、抱っこになるが、それでもいいか？」

「全然大丈夫です……！　寧ろそれを期待して……」

「ん？」

「あ、いや、なんでもないです！」

あわあわとぎこちない笑みを浮かべながら、ティアはばたばたと手を振った。

肩から首にかけて片腕を回し、もう片方の手で少女の柔らかな太ももを抱きかかえる。

ふわりと地面から持ち上げられたティアは、少し赤らんだ顔でこちらを見つめた。

「お兄様、こういうの……お姫様抱っこというらしいです」

「そう、か」

サクラを背中に、ティアを両手に。

さあ、いよいよ準備は整った。

顔を真っ赤に染め上げて、俺の肩をぎゅっと摑むサクラ。少女の熱い吐息が、首筋に触れる。

とくんとくんと背中越しに伝わる、少女の鼓動。

俺はそんなサクラの緊張を解きほぐすように、優しく囁《ささや》く。

「大丈夫だ、サクラ。お前たちの暮らしは、必ず俺が取り返す」

「……うん」

そっと、サクラは背中に身体を預ける。じんわりと温かみを増す、少女の身体。

行こう。サクラの家族を、取り戻しに。

「……振り落とされないように、しっかりと掴まってろよ……！」

全身にマナを集中させる。身体が、薄青く輝く。

ぎゅっと目を閉じる、ティアとサクラ。身体を重く包み込んでいた、重力が消える。

体勢を低くし、次に来る衝撃に備える。俺はそのまま、思い切り地面を蹴った。

ふわりと宙に浮く身体。全身を切り裂くような、猛烈な風。俺の身体は、まるで矢のように、一直線に父親の気配のする方向へ飛んでいく。景色が、右から左へ。前から後ろへ、高速で流れていく。サクラと父親が暮らした町は、もう遥《はる》か後方。いつの間にか、俺たちは草原を駆けていた。

それはまるで流れ星のように、少女のささやかな願いを乗せて、薄青く輝きながら、夜の闇を切り裂いていく。

「……すごい……加速魔法をこんな長時間使えるなんて……」

背中越しに、サクラの呟《つぶや》きが耳に触れる。通常のエメリア人であれば、加速魔法を使える時間は五秒がせいぜいだろう。

重力をコントロールしつつ、加速させるその魔法はマナの消費が激しく、長時間の使用は難しい。

が、実質的にマナの量が無限の俺には、関係ない。

だんだんと、ラルフの気配が近づいてくる。が、その一方で彼のマナはどんどん弱くなる。

マナは生命エネルギーとリンクしている。怪我《けが》を負う等、生命に危険が迫ると傷の修復にマナが動員されるため、体内のマナが薄くなるのだ。

まずいな。これ以上薄くなると、気配を探知できない。それに、早く行かないと、取り返しのつかないことになる可能性が高い。敵は質《たち》の悪いマフィアだ。組織を抜け出した人間が再び戻ってきて、無傷で済むとは考え難《にく》い。

スピードを上げる。雑木林が眼前に広がる。

どうやら、ラルフはあの中のどこかにいるらしい。体勢を低くしてマナを分離させる。

林の目の前で、俺たちは静かに停止した。

「……着いたの？」

背中から、サクラの声。全身にびっしょりと汗をかいていて、背中に濡《ぬ》れた少女の身体を感じる。

それはティアにしても同じで、ぎゅっと瞑《つぶ》った目をゆっくりと開けて、不安そうに俺の顔を見上げてきた。

「ああ、どうやらこの中にいるらしい」

目の前に広がる林を見上げ、サクラはハッと息を呑《の》む。

人の手が加わっていないのか、種々雑多な樹《き》が不均等に枝を伸ばすその光景は闇夜と相まって、酷《ひど》く不気味に映った。

「……ここは……」

「どうかしたのか？」

「……この林はね、このあたりでは《隠《かく》れの林》と呼ばれていて、入った人が神隠しに遭うことで有名な場所なの……。だからドネックの町の人は、絶対に入らないようにしてる……。遊びで入って、今までに何人も行方不明になってるんだよ。どうしてそんな場所に、お父さんが……」

隠れの林……そうか、さっき店主が近づくな、と忠告していた場所か。神隠し。黒い鷹《たか》の離反者が結成した、マフィア団体。敵のアジト。そして、そこに向かったサクラの父。

……なるほど、繋《つな》がりが見えてきた。

「……時間がない。ティア、サクラ、急ぐぞ」

躊躇《ちゅうちょ》なく、俺は林に入る。あ、待ってと呟きながら、サクラは俺の後を走る。ティアもその後に続く。

落ち葉の敷き詰められた雑木林は、歩くたびに葉っぱの割れる音がする。

うすら寒い空気の充満する林に、ひゅうひゅうと不気味な風が吹き抜ける。

うねうねと不規則にうねる樹が密生するその場所は、たまらなく薄気味悪い。

ティアとサクラは怖がっているのか、きょろきょろと辺りを見回しながら、俺の背中にぴったりと身体をくっ付けている。

そうして、親父《おやじ》さんの微《かす》かな気配を辿《たど》りしばらく進んでいくと、俺達は開けた場所にたどり着いた。

その場所だけ、樹々が一本も生えていない。まるでそこだけ人為的に、樹木が切り倒されたようだった。

雑木林の中、不自然に出来た円形。半径は四メートルほど。探知可能ギリギリの極僅かな気配ではあるが、確かにこの場所からマナを感じる。

だが、辺りを見回しても、サクラの父親の姿はどこにも見当たらない。

「……おかしいな。この場所のはずなんだが」

俺がそう言った瞬間、サクラの表情に、不安がよぎる。

心配げに、こちらを見つめるティア。

「大丈夫だよ、二人とも」

ゆっくりと息を吸って、俺は地面を睨《にら》みつける。

「――上にいないなら、下しかない」

地下、だな。俺が確信した、その時だった。サークルの中心点がギシギシと音を立て始める。やはり地下、か。落ち葉の下に隠れていた、鉄のプレートを引き開け、三人の男たちが地下より現れる。

全身黒ずくめ。そして、顔をフードで隠している。その姿には、見覚えがあった。

ティアを襲ったヴァンパイアハンター。あいつと、全く同じ格好だ。

身構える、サクラとティア。俺の背中に身体を隠し、ぎゅと目を瞑《つぶ》っている。

三人はサークルの隅に佇《たたず》む俺に気付いたようで、一瞬びくりと身体を震わせてから、素っ頓狂な声をあげた。

「うお！　……なんだなんだ、驚かせやがって……一瞬幽霊かと思っちまったじゃねえか。なんだ、お前らは、こんな場所に何しに来たんだ？」

「お前たちこそ、これからどこに行くつもりだ」

　男たちの質問には答えず、俺は問いを投げかける。

　三人は一瞬沈黙した後、見てはいけないものを見てしまったような顔で、全身をビクリとさせる。

「うおお！　そこにいるのはあの時の小娘じゃねえか⁉　おいおいおい、マジで化けて出てきやがった⁉」

「……幽霊じゃないよ」

　サクラは不愉快そうに呟く。三人の男は顔を見合わせて、それから品のない表情で笑う。

「……まあ、そりゃそうか……」

「てことはお前、助かったんだな。運の良い奴め」

「いや、運が良いのは俺たちだぜ。こんなに美しい娘と、これから一発お楽しみが出来るんだからな」

「ははは！　違いねえ！」

　けっけっけと、三人は品性のかけらもない声を上げる。サクラは俺の後ろで、ぎゅっと身体を寄せた。

「……お。よく見ると銀髪も可愛《かわい》いじゃないか。こっちはちょっと幼い感じなのがたまらねえな」

敵意を露《あら》わにして、ティアは三人組を睨みつける。

「それより、お前たちわざわざこんな場所に何しに来たんだ？　まさかまさかとは思うが……父親を助けに来たんじゃねえだろうな？」

一人が馬鹿にするような態度で、俺たちにそう投げかける。こくりと頷くと、三人は一斉に笑い出した。

拳を震わせる、サクラ。

ティアも、鋭い眼光で三人を睨みつけている。

「父親を助けに来るなんて、馬鹿じゃねえかお前ら！　しかもたった三人……せっかく助かった小娘も連れて。足し算も出来ねえのか？」

「もう一度聞く。お前たち、これからどこに行くつもりだ」

怒りの感情を言葉に乗せ、俺は三人に投げかける。

捲《ま》くし立てるように、一人の男は唾を吐き散らした。

「決まってるだろ、町に火を放ちに行くんだよ。あのバカ親父、本当にボスの言うことを信じて、馬鹿じゃねえかなあ。昔奴隷を逃がして、ボスの顔に泥を塗ったんだ。戻ってきたら許すって、そんなわけねえだろ。逃げても地獄、戻っても地獄だ。これからあいつはたっぷりと痛めつけられた上に、自分の町を燃やされるんだぜ？　傑作だろ？」

ぎゃははと、楽しそうに笑う三人。

顔面を蒼白《そうはく》にするサクラ。

「……それは、傑作だな」

「そうだろそうだろ。おまけに娘までわざわざやってきて、ここで無様に死ぬんだからよお！」

「無様に、死ぬ？」

「ああそうだ！　お前たちはここで無様に死ぬんだよ。何故《なぜ》ならお前は半人だからなあ！」

三人は、嘲るように笑う。

「お前があまりに余裕ぶっているから気になって鑑定してみたら、なんだ半人じゃねえか！　そうかそうか、絶対に生きて帰れないからな、遺言状は書いた後だってわけだ！」

死ね、マナを持たない半人が！

地獄で泣きわめけ！

三人はそう叫んで、俺に飛び掛かってくる。

そうか、いつの間にか鑑定されていたのか。

マナを待たない……か。そうか、そうだったな。

俺は、半人だった。

ドネックの町が温かすぎて、すっかり忘れていたよ。

サクラは悲鳴を上げ、ぎゅっと目を閉じる。

けれど、いつまでも襲ってこない三人に不審を感じたのか、ゆっくりとその目を開ける。

無残にも、地面に倒れている三人を見て、サクラはハッと息を呑む。

「……お前……半人じゃ……」

飛び掛かってきたタイミングで雷撃を食らわせてやった。今日はもう一歩も動けないだろう。

無様な声をあげ、三人は硬直しきった身体《からだ》で俺を見上げる。

その瞳には、得体のしれないものを見るような恐怖が滲んでいた。

「……確かに傑作だな。殺したはずの娘は生きていて。おまけにお前らのつまらない策略は、たった今から俺に潰されるんだから」

目を丸くして、サクラは俺を見上げる。そんな少女に、俺はただただ安心させるような微笑《ほほえ》みを浮かべ続ける。

「安心しろ。俺の力は、そんなに軟《やわ》じゃない」

「……え……」

頭の中で何かが符合したのか、サクラはそのまま唇を震わせ、じっとこちらを見つめた。

薄茶色の瞳はだんだんと潤んでいって、俺を捉えて離さない。

そうだった。あの時も、こんな風に襲い掛かってきた敵に電撃を食らわせてやった。それから俺は、ただただ微笑みを浮かべ、何か言った気がする。

七年前のあの時と、そっくりな構図……か。

「あなたは……あの時の……お父さんと私を助けてくれた……」

七年前。黒い鷹を追っている最中、俺はある親子を助けた。

足場の悪い森の中、必死に追手から逃れようとする、少女と父親。

その姿を見た時、手を差し伸べずにはいられなかった。

何もかも偶然、だ。俺がその時通りかかったのも、この町で再会したのも。

「……そんな昔のことは、もう忘れたよ」

さあ、行こう。

この物語に、決着を付けにいこう。

「……一体ここは……何なのでしょう……」

地べたに這《は》いつくばる三人の男を尻目に、俺たちは地下への階段を下っていた。

コツコツと、石造りの階段は、踏みしめる度に反響音がする。

中は薄暗く、壁に均等に配置された蠟燭《ろうそく》の明かりが、ぼうっと周囲を照らしている。

湿っぽい空気の充満する地下。中はしんと静まり返っていて、微かに薬品の臭いがする。

こんな場所が、本当に敵のアジトなのだろうか。どちらかと言えば、何かの研究所と言われた方が、まだ納得出来る。どこからか漂ってくる薬品のような臭いと、床に散らばる試験管やフラスコの類。

そして、ここから現れた、ティアを襲ったヴァンパイアハンターと全く同じ格好をした三人組。

あのハンターは、言っていた。

『まあいい。血は随分と薄いようだが、小僧。お前も吸血鬼だ。殺して持っていけば、ご主人様もさぞお喜びになるだろう』

結局あの時、ご主人様とやらの正体は分からなかった。奴の発言と、この研究所。ただの偶然だろうか。

……まあいい。ここのボスを問い詰めれば、全てがはっきりする。

「……うう……変な臭いです……」

「しっ……静かに」

ティアの口元を、片手で覆う。目を丸くして、俺の方を見上げるティア。

階段を下り、一直線に伸びる地下室の通路を二回ほど曲がった時だった。向こうから、微かな人の気配が立ち現れる。

サクラとティアに目で合図して、壁に身を隠す。だんだんと、何者かはこちらに近付いてくる。

黒ずくめの外套《がいとう》に、深くかぶったフード。さっきの奴らと同じ服装。おそらく、ここの構成員だろう。

「……誰かいるのか？」

こちらに向かって、男はそう呼びかける。

返事をしない俺たちを不審に思ったのか、体勢を低くし、すり足でにじり寄る。

身体を硬くし、息を呑むサクラとティア。そのまま、近づいてくる男。

五メートル。

四メートル。

三メートル。

二メートル。

……一メートル。

「……いったい誰……！」

敵が、壁の内側を覗《のぞ》きこんできた瞬間。勢いよく壁を蹴り、男の背後に回り込む。

そのまま鼻と口を押さえつけ、頸動脈《けいどうみゃく》に爪を立てる。

何が起こったのかわからなかったのか、男は身を強張《こわば》らせながら、懸命に俺の姿を目視しようとする。

足を震わせながら、声を上げようと必死な男。

「……さっきここに体格の良い男が入って来ただろ。そいつがいる場所まで連れていけ」

耳元で、男に命令する。ラルフのマナはこの場所に入ると同時に、探知可能ラインを下回った。今はぼんやりとした気配を感じるだけで、正確な位置を把握出来ない。このレベルだと、実際に自らの目で確認しないことには、どこにラルフがいるのか判断出来ないだろう。生死の判断はギリギリ可能だが、探知は使えないも同然だ。

であれば、案内してもらうのが、最善だ。敵は困惑を露わにし、こちらを窺《うかが》おうとする。

「別に断ってもいいが……そうすればお前が死ぬだけだ。早く選べ」

選択を迫ると、男は涙目になりながら、首を縦に振った。

敵は黒い鷹《たか》を離反したマフィア集団。無暗《むやみ》に騒ぎを起こすと、ラルフの命が危ない。出来る限り、俺たちが助けに来たことは知られないほうが良い。今はこうして、隠密《おんみつ》に行動するのが一番だ。

仲間を呼ばれると厄介だからな。

俺はゆっくりと、男の口元から手を離した。久しぶりの酸素を求めて、ぜえぜえと息を荒らげる男。

「……あ……あの親父《おやじ》を救いに来たのか……あ……あんた、何者だ……」

「そんなことはどうでもいい、早く連れていけ」

指を突き立て、頸動脈を刺激する。微かな電流を流すと、男は白目を剝《む》き、がくんと頭を落とした。

そのまま怯《おび》えた瞳で、こちらを窺い見る。

「……わ、わかった……言う通りにする……そうだ、確かに今日男が入ってきた……昔組織を抜け出した、馬鹿な……」

もう一度、電流を流す。口元をしっかりと押さえ、声が漏れないように。

再び顔を引《ひ》き攣《つ》らせ、白目を剝く男。

「余計な御託はいい。早く連れていけ」

「……も……申し訳ありません……男は拷問部屋に連れていかれたはずです……」

「拷問部屋だと……？」

「は……はい」

拷問部屋と聞いたサクラの表情が曇る。

まずいな。大方予想は付いてはいたが、マナが減少していた理由はそれか。早く行かないと、取り返しのつかないことになる。

「……あと、一つだけ質問がある」

「な、なんでしょうか」

「……ここは、殆《ほとん》ど人の気配がしない……残りの構成員はどうした」

「い、今団員の殆どは拷問部屋に集められております……ボスは拷問を見せびらかすのが趣味なので……」

……なるほど。さっきから殆ど気配がしなくて不思議だったが。

そういうことか。全く、悪趣味な野郎だ。

「……早く連れていけ」

「は……はい！」

男に従って、俺たちは地下室を進んでいた。

初めは一本道だった通路は、奥へと進むたび、次第に枝分かれしていった。

この地下アジト、思っていたよりも、かなり広い。アリの巣のように張り巡らされたそれは、まるで迷宮のようだ。

案内人を捕まえて正解だった。自力で探ろうとしていたら、ラルフの元まで辿《たど》り着けたか怪しい。

もっとも、こいつが本当に正しい案内をしているのかは、かなり疑わしいが。

……とりあえず、今は信じるしかない。

枝分かれした道を五回ほど曲がり、上から蠟燭がぼうっと照らす扉の前で男は立ち止まった。

「……こ、この部屋です……！」

扉には血の跡がべったりとこびりついていて、中からは確かな人の気配がする。

探知可能ラインを下回っているが故、それが親父さんかどうか確信は持てない、が。

「この扉の向こうに、お父さんが……」

拳を握りしめるサクラ。目線で合図し、ティアとサクラを扉から遠ざける。

俺は男を盾にしたまま、ゆっくりと扉に手をかけた。

「――かかったな」

扉を引き開けた瞬間、男はうすら笑いを浮かべる。……やはり、罠《わな》か。

扉の向こうから現れる、屈強な男たち。その数およそ二十五名で、全員が黒ずくめの外套を羽織っている。広々とした、石造りの部屋。

こちらに気付いて、座り込んでいた男たちは些《いささ》か呆気《あっけ》に取られたように目を見開く。それから何かを察したように、ゆっくりと立ち上がり、気色悪く笑んだ。

人質にしていた男はしたり顔で俺を顧みて、まんまと罠《わな》にかかった獲物を嘲るように、御託を並べ立てる。

「たまにいるんだよ……お前みたいな野郎がさ。英雄気取りで、ここに入ってくる野郎。……ボスは拷問を見せびらかしたい？　違うな、ボスは悶《もだ》え苦しむ奴の表情を一人で独占したいんだ。お前は、はめられたんだよ」

勝ち誇ったように高らかに笑う男。

「お前も運が悪いなあ。グランヴァイオ様はな、拷問に水を差されるのを酷《ひど》く嫌うんだ。

部屋の近くで物音でも立てれば、何されるかわからない。だから、今日みたいにお楽しみの日は巡回を一人だけにして、こうやって一室に集まる」

……なるほど。

ここに来る最中、誰とも会わないと思ったら。

「おうルイス。……なんだそいつらは」

「鼠《ねずみ》だ。なんでもあの馬鹿親父を救いに来たらしいぞ！　傑作だろ！」

うそぶきながらこちらを眺める男たちは、ぽきぽきと指を鳴らし、確信した勝利に酔いしれていた。

そうだ、な。勝ちを確信するのも、無理はない、か。

この部屋にいるのは、およそ二十五名。魔法使いは階級が一つ違うと、約五人分の戦力差があると言われている。

A級《ランク》の魔法使い＝B級の魔法使い五人、という計算だ。

つまり二十五という数は、階級の壁を二つ越えてしまう。奴らがC級《ランク》であれば、単純な火力はA級《ランク》――エメリア正規軍千五百人を束ねる師団長の推奨階級――にも届きうるということだ。

A級《ランク》――正真正銘の化物――うっかり罠にかかった獲物が、その努力ではどうにもならない遥《はる》かな高みに届いている可能性は、ゼロに近いだろう。

奴らが余裕の笑みを浮かべているのも、無理はない——が。

「今から戦闘が始まると物音では済まなくなるが、良いのか？」

「お前は計算も出来ないのか？　今から始まるのは戦闘じゃねえ、一方的な虐殺だ。音なんて立たねえよ」

こちらを振り向きながら、人質は汚い歯を見せて笑う。

俺の背後で、サクラとティアは子猫のように震えながら、身を寄せ合う。

「……そう、か」

虐殺、ね。

「——サクラ、ティア。一分だけ、目を瞑《つぶ》っていろ」

「……え？」

この子たちに、血を見せまいと思っていたが、どうやら、そういうわけにはいかなそうだ。

「なんだなんだ、自分がやられるところを女には見せたくないってか！　兄ちゃんカッコいいねえ！」

　ここまで俺たちを案内した男が、喚《わめ》きたてる。

　まさか、これから自分たち全員の首が吹き飛ぶなんて、想像だにしていないという表情で。

「少し黙れ」

　マナを凝固させ、ブレードを召喚する。レーヴァテインでは、このアジトそのものが消し飛んでしまう。

　神器には遠く及ばない、ただの魔法剣。何の特殊能力もない、平凡な具現化魔法。切れ味は良くないが、今はこの程度で十分だろう。

「はっ！　さっきはこの部屋におびき寄せるために敢《あ》えて抵抗しなかっただけだ！　調子に乗るなよ小僧！」

　男は俺の拘束を解いて距離を取り、こちらに向かって水魔法を放つ。猛烈な勢いの水の光線が、一直線にこちらに向かう。

　俺は背後の少女たちにそれが当たらないように、真正面からブレードで受け止める。それから、水の柱を真っ二つにするように、根本まで押し切る。一瞬で距離を詰めた俺に、男は表情を驚愕《きようがく》に染め上げた。

「な……ッ！」

「運が悪かったな」

ブレードを振り上げる。ルイスと呼ばれた男の首は、断面を覗かせながら、宙を飛ぶ。

血飛沫《ちしぶき》が舞い、石造りの壁に、血が上塗りされる。

確かに、一対二十五。この人数だと、勝負にすらならない。

俺以外が、相手なら。

一人だけ生かして、そいつに親父さんの居場所を聞くとしよう。

今度は嘘《うそ》を吐《つ》く気が起きないくらい、圧倒的な力の差を見せつけてやろう。

——戦いの幕が、切って落とされた。

地下室の空気は一瞬にして張りつめた。眉を押し上げる二十五人。

その中の一人、一際体格の良い髭面《ひげづら》の男が、額に怒りを滲《にじ》ませた青筋を浮かび上がらせた。

歯を思い切り食いしばって眉間に皺《しわ》を寄せ、怒りの雄たけびを上げる。

「袋の鼠がああああああああああああ！」

スキンヘッドで髭面の男を皮切りに、猛烈な勢いでこちらに向かって来る、二十五人の男。

皆体勢を低くし、俺の身を砕こうと一直線にこちらに突進してくる。

石造りの室内に、地鳴りのような足音が響く。

一番乗りは、やはり髭面の男。マナを拳に乗せ、右ストレートをこちらに繰り出してくる。

「俺が一番乗りだ！」

確信した勝利を拳に乗せ、勝ち誇ったような笑みを浮かべる。

哀れだな。俺は首だけでふわりとかわし、丸太のように太い腕を掴《つか》んだ。

「なに⁉」

「戦士として、最も不幸なことは何だかわかるか？」

「まぐれで良い気になるなよ！」

挑発に、男はいきり立つ。沸騰したように顔を怒りで染め、今度は左の拳で俺の顔面を抉《えぐ》ろうとする。

風圧で、びゅんと風が起こる。しゃがみこみ、再びかわす。

全身全霊をこめた男の拳が、空を切る。

そのまま押し出すように蹴りを入れ、後ろから迫る黒ずくめの構成員たちを道連れにする。

背後の壁まで吹き飛んでいく、十余名。

「ぐおっ!」

「おのれッ!」

四方八方から、なおも襲い掛かる男たち。

召喚される、魔法剣。俺を八つ裂きにするべく、雄たけびをあげながら、剣を振り上げる。

その数、四人。一振りで終わらせよう。俺は静かに、まるで眠るように目を閉じた。理解不能な行動に、四人の瞳に困惑が生じる。

しかし、男たちはその行動を降参と受け取ったらしい。一瞬にやりと笑みを浮かべ、俺の頭部に向かい、剣を走らせる。東西南北、全てから放たれる剣戟《けんげき》。

俺は瞳を、かっと見開いた。円を描くように、ブレードを一周させる。

その間、0・1秒。

傍《はた》から見ると、俺が瞳を開いたことは認識できても、その後何をしたか把握することは出来ないだろう。

きっと周囲はこう思うはずだ。俺が目を開けた瞬間、何故《なぜ》か四人の男が真っ二つになっていた、と。

胴体を両断された男たちは、未《いま》だに勝ち誇る表情を崩していない。

斬られたことに、まだ気付いていないのだ。刹那、四人の顔が驚愕に染まる。どうやら、ようやく気付いたらしい。

「……お前は……いったい……！」

断末魔を響かせながら、床に崩れ落ちる四人。

地下室に、血溜《ちだ》まりが出来る。

壁際に吹き飛ばした男たちの瞳に、恐怖と怒りが同時に灯《とも》る。

近接戦は無理だと判断したのか、マナを魔力に変換し、炎をこちらに向け放つ。

「インフィニットフレイムッ！」

薄暗い室内が、燦々《さんさん》と照らされる。十数人が一斉に放った炎は、互いに寄り集まりながら、巨大な火柱を形成した。猛烈な勢いで、こちらに向かう炎の光線。

避《よ》けるのは簡単だが、後ろにはサクラとティアがいる。

そうだな……真っ二つにしてやるか。

室内のマナを、刀身に集める。猛烈な勢いでこちらに向かってくる、巨大な炎。感じる、熱。だが、これでは生ぬるい。既《すんで》のところで、ブレードを振り上げる。巨大な炎が、二つに割れる。二股に分かれた炎は左右の壁に衝突し、室内を焦がす。室内に充満する、焦げ臭い匂い。

炎の下から現れる男たち。作戦成功という風に、小賢《こざか》しい笑みを浮かべている。

なるほど、この炎は囮《おとり》か。炎に身を隠し、俺に接近。火消しに成功したところで、驚く俺に攻撃を食らわせようという算段か。

「死に晒《さら》しやがれぇッ！」

右手にマナを握りこみ、攻撃の印を結びながら目の前まで接近する男たち。

……四人でも二十人でも、同じことだ。ブレードにマナを集中させる。

切れ味を増す、魔法剣。ゆらりとブレードを振り上げる。

「食らいやがれぇぇぇぇぇぇぇぇッ！」

四方八方、前後左右。全ての方向から放たれる、攻撃魔法。

この一撃に、全てをかけているのだろう。さっきまでとは明らかに魔力の質が違う。

しかし。

――無限の前に、十と百の差など、あってないようなものだ。

俺は、ブレードを弧を描くように振ろうとした。

……いや、待て。

俺は今、光と闇のマナを同時に扱える状態にある。

であれば、二種類の魔法を同時に使うことも出来るのではないか。通常、一度に使用出来る魔法は、一種類だけだ。脳みそが一つであることが当たり前であるように、魔法に関してもそれが道理。だが、今俺は光と闇、二種類のマナを使用出来る。だったら、一度に二種類の魔法を使えても不思議ではない。

少し試してみる、か。

刀を握っている方と逆の手から、マナを放出する。刹那、眩《まばゆ》い閃光《せんこう》が満ち、室内を照らし出す。

やはり……二つ同時に使用出来る――。

「な、なんだこれ……どうして一度に二種類の……こんなの見たことねえ！」

ほんの少し、左手に力を込めたそれは、敵の魔法を打ち消しながら、四方八方を埋め尽くす。そして、同時に遮る物が何もなくなった空間に、右手のブレードを走らせる。

「お……おおおおおおお！」

空間に充満する、断末魔。男たちが、八つ裂きにされる。虐殺は、終わった。

第四章　戯言《たわごと》

「……答え合わせがまだだったな」

「ひっ……！」

死体の海の中、俺はたった一人の生存者ににじり寄る。

最初に右ストレートを繰り出してきた、髭面《ひげづら》の男だ。最後の衝撃波は、あえてこの男だけを避けて放った。ラルフの居場所を、聞き出すためだ。

男は尻もちをつきながら、恐怖に怯《おび》えた目でこちらを仰ぎ見る。

「戦士として最も不幸なことは、相手の強さを判断出来ないことだ」

「……あ……あんた、いったい……何者だ……」

見上げながら、男はがくがくと顎を震わせる。

畏敬と畏怖をその瞳に乗せ、問いを投げかける。

「俺が誰か、そんなことはどうでもいい。親父《おやじ》さんの……今お前たちのボスに拷問を受けている男の居場所を話せ。知っているはずだ」

威圧すると頭を庇《かば》うように身を丸め、瞼《まぶた》をぎゅっと閉じ、男は縮み上がった。

さっきまであれほど威勢が良かったものを。哀れだ。

「……二十人以上を相手に……あそこまで一方的に……それに、最後の魔法……ありえない……ありえない……」

ぼそぼそと、呟《つぶや》きを繰り返す男。俺はしゃがみこみ、男と目線を合わせる。

髪を摑《つか》み上《あ》げ、睨《にら》みを利かせ、至近距離で男に命じる。

「いいから早く言え」

男の表情が、絶望に染まる。顔面を蒼白《そうはく》にさせ、投げ出した足をがくがくと震わせる。

「……こ……この部屋の右にある通路を……真《ま》っ直《す》ぐに行けば……辿《たど》り着《つ》く……ほ、本当だ……！」

わなわなと唇を震わせ、言葉を紡ぐ男。目に涙を浮かべ、許しを請うように、頭を上下させる。

どうやら、嘘《うそ》は吐《つ》いていないようだ。

「……わかった」

俺がそう言うと、ほっとしたように、男は緊張を解く。

仄《ほの》かな笑みを浮かべ、繋《つな》がった命に一息をつく。……どうやら、許されたと、思い込んだらしい。

「な……なあ、良かったらあんたの仲間にしてくれよ……ここのボスよりも、あんたの方が百倍……」

「――今までたくさんの人を殺《あや》めてきた……今更偽善者振るつもりはない……一度殺すと決めたら、自分の信念は曲げないようにしているんだ」

「……え？」

髭面の男は目を丸くしてこちらを凝視する。

旋廻しながら飛んでいく、頭。無くなった頭部を探すように、胴体が小刻みに痙攣《けいれん》する。

血の海が広がる。

そのまま男の首は悔恨の情を浮かべたまま、ぼとりと地面に落ちた。

全てが、終わった。

血だまりを踏みしめながら、ティアとサクラの元へ向かう。

部屋の前で二人は丁寧に言いつけを守り、ぎゅっと目を瞑《つぶ》っていた。

凄惨な光景の広がる、地下の一室。俺はゆっくりとその扉を閉め、ティアとサクラに呼びかける。

目の前の、穢《けが》れなき少女たち。扉一枚隔てた向こうに広がる、この世の地獄。

……地獄を見るのは、俺一人だけで十分だ。

「全部終わった。親父さんの元へ急ごう」

優しく呼びかけると、二人はゆっくりと目を開いた。

「……お兄様」

「……ゼロ君」

何故《なぜ》か、涙を浮かべながら二人は俺の膝をぎゅっと摑む。

「いったい、どうしたんだ？」

「……たとえ悪人でも、人を殺すのは、辛《つら》くないですか？」

涙声になる、ティア。サクラも潤んだ瞳で、こちらを見上げる。

辛くないか、か。

「どうせ俺は地獄行きだ。今更、自分の選択に後悔なんてしないさ」

今までも、沢山の人間を殺めてきた。自分の信念を貫き通すため、屍《しかばね》で道を作った。

その選択に、悔いはない。誰が何と言おうと、それだけは曲げられない。

「ゼロ君はきっと……地獄になんて行かないよ」

サクラは今にも泣きだしそうな顔で、唇を固く結ぶ。俺は少女たちの髪を、優しく撫でる。

「……ありがとう」

何物にも染まらない、純真無垢《じゅんしんむく》な瞳。

俺はそれを、守りたいと、思った。


「だんだん、空気が冷たくなっていきますね……」

髭面の男の発言に従って、俺たちは右側の通路を真っ直ぐに進んでいた。

岩肌が剝《む》き出しになった壁。ティアの言う通り、空気はだんだんと鋭さを増していた。

湿っぽい地下の空気は、通路を進むにつれ張りつめていく。白い息を吐き出しながら、慎重に、だが迅速に地下を進む俺たち三人。地下の壁はコツンコツンと反響を続ける。

決戦の刻《とき》は、近づいていた。

「……ここが、拷問部屋か」

五分ほど進んで、俺たちは扉の前にたどり着いた。

左右から赤い蠟燭《ろうそく》の炎が照らす、重々しい鉄の扉。

拷問部屋は、この奥か。正確な場所は探知出来ないが、ラルフのマナの気配はまだ完全に消えてはいない。急ごう。

ティアとサクラに、目で合図をする。二人は表情を引き締めた後、こくりと頷《うなず》いた。

緊張しているのか、サクラの額には汗が伝っている。ティアも深呼吸するように、大きく息を吐き出している。

俺は、扉の取っ手に手をかけた。冷たい金属の感触が掌《てのひら》に浸透する。

鍵は開いていた。閉まっていたら、魔法で吹き飛ばすつもりだったが、どうやら余計な手間はかからなそうだ。金属の擦《こす》れる、不快な音が鳴る。

俺は扉を、勢いよく開け放った。

「……まだ、先があるのか」

現れたのは、奥まで真っ直ぐに伸びた、幅の広い通路。

突き当たりには、また扉が見える。どうやら、拷問部屋はまだ先らしい。

俺は、舌打ちをする。そして、目線を下に移した瞬間、その異様さに気が付いた。

「きゃ……」

「ひどい……」

ティアとサクラが、小さな悲鳴を上げる。これほど凄惨な光景を見たのは初めてだったのだろう。二人は口元に手を当てて、声を押し殺す。目の前に広がる地獄。

床を埋め尽くす、異様な光景。

仰向け、うつ伏せ。ねじ曲がった手足。露出した内臓はとっくに水分を失って、干からびている。

床に散らばっていたのは、人間の、死体だった。

死体になってからの日数に差があるのか、白骨化しているものと、腐りかけのものと。散らばった死体は、少しずつ状態が違っている。

それは正しく、異様な光景だった。

怒りが込み上げると同時に、思わずティアの目を塞ぐ。少女は一瞬驚いたようで、身体《からだ》をびくりと震わせる。

「……あまり、見ないほうがいい。サクラも、目を瞑っていろ」

サクラは、首を左右に振った。

「私は、見る。ゼロ君と同じ景色を見たいから」

「私も……もう少し、強くなりたいです。だから、お願いします」

俺は苦笑いしながら、ティアの瞼から手を離した。

「辛くなったら……すぐに言えよ」

二人は自分自身に固く言い聞かせるように、こくりと大きく頷いた。

奥まで真っ直ぐに伸びた、通路。扉の向こう側から聞こえてくる、微《かす》かな呻《うめ》き声《ごえ》。弱々しいが、間違いなく聞き覚えのある声だ。

……ラルフは、あの中にいる。

通路の両端には、鉄格子の檻《おり》が隙間なく配置されていて、床だけではなく、檻の中にも死体が散らばっている。

拷問された死体か、それとも何かの被験体か。あるいは……いや、今は考えるのはよそう。

疑問を胸の奥にしまい、死体を避《よ》けながら、駆け足で進む。扉へ近づくに連れて、呻き声が強くなる。

一体この場所が何なのか。何が行われていたのか。グランヴァイオを倒してから、ゆっくりと問い詰めればいい。

俺は、思い切り、鉄の扉を引き開けた。

「――おや、誰ですか？　私のお楽しみを邪魔するのは」

部屋に入った瞬間、氷のように冷たい声が、俺たちを出迎える。

返り血を浴びた真っ白な礼服に身を包んだ、細身の男と目が合う。

恐らく、三十代前半。狐《きつね》のように吊《つ》り上《あ》がった目をしていて、まるで能面をかぶっているように、顔には一切皺《しわ》がなく薄気味悪い。

こいつが、ここのボス。……グランヴァイオか。

七年前と何も変わっていないな。

やはり、あの時殺しておくべきだったか。

「……お父さん……！」

「……サクラ……」

サクラが悲痛な叫びをあげると、弱々しく父親が返事をした。滴り落ちる血。

両手を縛った鎖で、天井から吊《つ》るされたサクラの父。顔は変形していて、原形を留《とど》めていない。

紫に腫れ上がった顔面。抜け落ちてしまった歯。ねじ曲がった、足の指。

肩の肉はそぎ落とされていて、骨が見えてしまっている。出会った時の比ではない。

父親は、瀕死《ひんし》だった。

高さのある天井。広い室内に並べられた、拷問器具。

天井から振り子の垂れ下がるベッド。針が敷き詰められた、金属の箱。壁に掛けられた、刺《とげ》のついた首輪。

どれもこれも、血で錆《さ》びついている。怒りが、ふつふつと湧いてくる。

マナが、集積される。

「……お前が、グランヴァイオか」

「そうですが……なんですか、あなたたちは？　見ない顔……ファミリーではありませんね」

不快感を露《あら》わにする、男。やはりこいつが、グランヴァイオ。

男はジロジロとこちらを凝視した後、何かに気付いたように、表情をハッとさせる。

「ああ、なるほど。そこにいるのは私が呪いをかけてあげた娘ですか。生きていたとは驚きです。ということは……なるほどなるほど……父親を救いに来たんですね……いやあ、麗しき家族愛」

うんうんと頷きながら、表情の乏しい男は楽しげに独り言を続ける。

「……あ、違う。あなたは偽物でしたね。あなたは偽物の娘。ふふ、偽物、ふふ」

グランヴァイオは、無邪気な子供のようにけらけらと笑う。

能面のような顔をニヤつかせ、目を見開きながら、不気味に微笑《ほほえ》む。

サクラは、ぎゅっと拳を握り締めた。

「……しかし、不思議ですね。どうやってここまで辿《たど》り着いたのですか？　私の部下は、いったい何をやっているのでしょう……また、お仕置きが必要ですね」

グランヴァイオは、ニヤつきを崩さない。お前の部下は、全員死んだよ。

そう挑発する気も起きないほど、その時の俺は、頭に血が上っていた。

全身に、マナがみなぎる。

「ほう……赤目が金目に……。ということは、あなたたちは吸血鬼なのですね……なるほど、面白い。色が変わるタイプもいるのですか。吸血鬼と言えど、種々様々なのですね。吸血鬼が、この場所に。……なんだか、運命を感じますねえ」

意味ありげに呟いて、グランヴァイオはうんうんと首を縦に振る。

ニヤついた笑顔を崩さず、嘗《な》め回《まわ》すように俺とティアをじろじろと見る。

気持ちを落ち着けようと、俺はふうーっと息を吐いた。

上った血が、降りてくる。俺は少しだけ、冷静さを取り戻した。

瞳の輝きが薄くなる。

「あれ、さっきはキラキラに光っていたのに、輝きが小さくなりました。……何ともヘンテコですね……ん？　少年。あなたからはマナを感じません。まさか……半人ですか？」

俺は奴を睨《にら》みつけたまま「そうだ」と答えた。

「はははは！　これは傑作です。吸血鬼の、おまけに半人。あなたはいったい、何をしにここに来たのですか！」

高らかに笑ってから、グランヴァイオはこほんと咳《せき》をした。

冷たい瞳でこちらを見つめ、口角をにやりと上げる。

「……正直イライラしていたのですよ。せっかくお楽しみの最中だったのに、ノックもせずに邪魔が入って。しかしまあ、半人の吸血鬼とは、虐《いじ》めがいがありそうです。少しだけ、楽しくなってきました」

臨戦態勢に入る、グランヴァイオ。

体勢を低くして、身体《からだ》からマナを放出する。右手に出現する、鎖鎌。

間違いない、あれは神器。一流の魔法使いである、証《あかし》。

「……逃げろ……サクラ……ゼロさん……ティアちゃん……こいつは……強い……」

掠《かす》れた声で、言葉を紡ぐラルフ。

一体こいつから、どれほど酷《むご》い仕打ちを受けたのだろう。

陽気に笑う顔が想像出来ないほど、その顔面は醜く歪《ゆが》んでいた。

再び、怒りが湧いてくる。

「……グランヴァイオ。最期に一つ、聞きたいことがある」

「なんですか？　マナがゼロの哀れな吸血鬼さん」

「お前は、親父《おやじ》さんと……ラルフと約束したよな。……組織に戻れば、町に火を放たないと」

狐顔の男は、楽し気に「ああ」と相槌《あいづち》を打つ。

「確かにしましたねえ。そんな約束」

「……どうして、守らなかった」

グランヴァイオは、思ってもみなかったという表情を浮かべた後、肩を震わせ嘲るように笑い出す。

「あなた馬鹿ですか？　この男は昔そこの娘を勝手に逃がして、私の顔に泥を塗ったのですよ。守ると思っている方が、どうかしている！」

「……お前が守りたかったものは約束じゃなくて、そのちっぽけなプライドだったたってことか」

俺の発言を意に介さないように、グランヴァイオはふっと鼻で笑い、薄気味悪い顔で俺を見つめ、唇を舌でべろりと舐《な》めた。

「最期の言葉はそれでいいですか？　哀れな吸血鬼――」

男は勢いよく、地面を蹴る。

グランヴァイオはこちらに向かって高速で突進する。


「――お前のちっぽけなプライド……そんな下らない物のために、幸せな家族を壊させるわけにはいかないんだよ」


男を視界に捉えたまま、ブレードを召喚する。

レーヴァテインで欠片《かけら》一粒残さず、焼きつくしてしまいたいのはやまやまだが、この男にはまだ聞きたいことがある。

右手に浮かび上がる硬質のブレード。グランヴァイオの表情に、驚愕《きようがく》が入り込む。

「あなた……半人じゃ……！」

インパクトの直前で、目を見開くグランヴァイオ。

今更気付いても、もう遅い。歯を食いしばり、俺の首を刈り取るべく、なおも鎌を振り上げる。

ひと時も目を離さず、俺は奴の瞳を見据え続ける。

勝ち誇っていた双眸《そうぼう》に、恐怖と困惑が浮かび上がった。

振り下ろされる、鎖鎌。応戦するべく、突きあげるようにブレードを振りあげる。

剣と鎌がぶつかり合い、ギィィンと鋭い金属音が地下室を振動させる。

そのまま、互いの武器を押しつけ合う。

奴が上で、俺が下。だが、勝利の女神がどちらに微笑んだのか。

それは、火を見るより明らかだった。

「……そんな剣で、どうして私の神器が……！」

肩を震わせるグランヴァイオ。目を大きく見開き、突如として現れた脅威に顔を歪める。

「──話はこれから、ゆっくり聞かせて貰う」

ほんの少しだけ剣に力を込めると、グランヴァイオの鎌に、ヒビが入った。

そのまま、押し返すように、俺は剣を振り上げた。

鋭さを増す、ブレード。粉々に砕かれた、グランヴァイオの神器。

飛び散る、鮮やかな血飛沫《ちしぶき》。男は叫び声をあげながら、俺の真横に倒れこむ。

勝負は、一瞬で決まった。

血で濡《ぬ》れた腹部を押さえ、グランヴァイオは床をのた打ち回る。

石造りの冷たい床には、染みだした血液で血だまりが出来ている。

つい先程まで余裕の表情を浮かべていた男は、額に脂汗を滴らせながら、顔面を醜く歪ませていた。

グランヴァイオは細い目を思い切り見開き、こちらを見上げる。

恐怖と驚嘆を瞳に灯《とも》らせ、床を血で染める。

勝負は、決まった。親父さんが繋がれていた鎖をブレードで断ち切り、落ちてくる親父さんを受け止める。サクラの父親は、衰弱しきっていた。

身体中のあちこちに痣《あざ》が出来ており、手足の指はあらぬ方向に折れ曲がっている。

小さく微笑んで、「……グランヴァイオを……倒しちまうなんて……本当に……ゼロさんはスゲえ……ありがとう」と俺に告げた後、ラルフは意識を失った。

「……お父さん！」

駆《か》け寄《よ》るサクラ。不安と緊張に押し出された涙で、瞳は潤んでいた。

「大丈夫だ、サクラ」

安心させるように、少女に告げる。マナを集中させ、ヒールを発動させる。掌《てのひら》が、薄青く輝く。瞬く間に、父親の傷が塞がっていく。砕かれた骨も、元の状態に戻る。

死んだ人間は、たとえどんな魔法を使っても、蘇《よみがえ》らせることは出来ない。

だが、生きてさえいればヒールで癒すことが出来る。

……ラルフが生きていて、本当に良かった。

「……身体の傷は、全て修復した。すぐに目を覚ますはずだ。それまで、見守ってあげてくれ」

少女の顔が、ぱあっと明るくなった。

身体の緊張が解けたように、サクラはその場にしゃがみこむ。

肩を震わせながら、浅い呼吸を繰り返す。

「……良かった……良かった……」

大粒の涙で、床がぽたぽたと濡れる。

俺はそんな少女の髪を、優しく撫でた。

「……あなたは……何者ですか……」

グランヴァイオは絞り出すように、問いを投げかける。

その声にさっきまでの威勢のよさは、影も形も見当たらない。

「お前と会うのは、二度目だな」

一歩二歩、狐《きつね》顔の男に近付く。静寂が支配する肌寒い地下に、足音が反響する。

グランヴァイオは、困惑を浮かべた。

「……二度……目……？」

床に這《は》いつくばり、首だけでこちらを見上げる。俺は「ああ」とだけ返事をした。

目線を落とし、記憶を探るよう眉間に皺《しわ》を寄せるグランヴァイオ。

「……あなたのような少年に会ったのは初めてですが？　マナを持たず、けれど膨大なマナを使う……そんな人物に会ったことは……」

怪訝《けげん》な表情を浮かべグランヴァイオは俺をじっと見据えた。

「あ……いや、そういえばジークフリード……彼はあなたと同じ性質の……いや、しかし彼は……」

そのまま俯《うつむ》き、ぶつぶつと声にならない独り言を呟く。そして、何か閃《ひらめ》いたように、奴はハッと顔を上げた。

「……半端者の吸血鬼……そうか……そうか！」

答えに辿《たど》り着いたように、見開かれた二つの瞳が、俺を捉える。

俺はただ黙って、奴を見下ろし続ける。グランヴァイオは肩を震わせながら、静かに笑い始めた。

「……なるほど……私のような三下が相手にならないわけだ……そうか、そうか……還《かえ》らずの森から生還されていたのですか……ゼロの大賢者！」

楽しそうに、男はくくくと笑い続ける。

ゼロの大賢者。そう聞いた瞬間、サクラは眉を押し上げ俺を振り返る。

驚きに染まった薄茶色の瞳が、俺を摑《つか》んで離さない。

「……しかし、ゼロの大賢者様が吸血鬼になって現れるとは……これも私たちの業ですかねえ……くくく……」

意味深な呟き。腹部を押さえながら、笑みを崩さぬグランヴァイオ。

床の血だまりは、だんだんとその面積を広げていく。

「グランヴァイオ……お前に、聞きたいことがある」

「なんでしょう？」

男は首をもたげ、こちらを見据える。

「……この場所は……一体何なんだ。入口に散らばっていた試験管、薬品の臭い……一体ここで、何が行われている」

グランヴァイオは、にやりと笑みを浮かべた。

「いいでしょう、ゼロの大賢者様。英雄の名に敬意を表して、特別にお教えします。ここは研究所ですよ……いや、正確には研究所だった、ですがね」

「……研究所……だった？」

「ええ、そうです。吸血鬼の血から、不老不死の秘薬……その生成を目的とする、ね」

心臓が、強く脈打つ。

吸血鬼の血から、不老不死の秘薬……だと。

グランヴァイオは、なおも言葉を紡ぐ。

「吸血鬼の血には、不老不死の作用が存在すると、古くから言い伝えられています……実際に、多くの吸血鬼が不死を目指す欲深い人間の犠牲になりました」

しかし。と、狐顔の男は強調した。

「……実際に、吸血鬼の血から不老不死の秘薬を作る。それは、誰も成し得なかった。……どんなに試行錯誤をしても、少し効き目の良い栄養剤を作るのが、せいぜいだったのです」

それは俺も、よく知っている歴史だった。

歴史上の様々な人物が、不老不死を目指し、吸血鬼の血を研究した。

しかし、結果は全て失敗。

どんなに試行錯誤を繰り返しても、不老不死の効能を得られる薬を生成することは出来なかった。

人類における不老不死の夢は、あえなく頓挫した、と。

「……勿論《もちろん》。吸血行為を通し、ジークフリード、あなたのようにヴァンパイアとなり、不老不死を成し遂げた人間も僅かながら存在したようです。しかし……吸血鬼に血液の全てを差し出す上、その生存率は雀《すずめ》の涙ほど。おまけに、彼らは同族を造りたがらないようで。とてもじゃありませんが、そんな博打《ばくち》に身を投じることはできません。こうして、不老不死の研究は歴史の中に埋もれていきました」

グランヴァイオはにやりと笑って、血を吐き出す。俺の靴に、血の飛沫《しぶき》が付着した。

「……しかし、この死んだ研究を再び復活させた男がいました……我らが黒い鷹《たか》のボス……ルード・ヴェルフェルム様です……！」

グランヴァイオは、高らかにそう宣言した。

ルード・ヴェルフェルム。

今から数十年前に、この国最大のマフィアグループである、黒い鷹を創設した人物。

エメリアの国王が表社会のボスであるなら、ルード・ヴェルフェルムは裏社会のボスだ。

……もっとも。

情報が確かなら、ヴェルフェルムは既に齢《よわい》七十を超えているはず。

近年は高齢化からその影響力を大きく落としており、黒い鷹を離反する者も多いと聞く。

そんな男が、不老不死の研究だと。

胸の底に、薄ら寒い風が、吹き抜けた。

グランヴァイオは、糸のような目を見開く。

「……この場所はね、その為《ため》の研究所なんですよ……くく……」

何らかの研究施設であることは予想が付いていたが。

想定外の答えに、一瞬時が止まる。

グランヴァイオはそんな俺を見て、ニヤリと笑った後、視線を落とす。

「おや、どうやら想定外だったみたいですね。……大賢者様でもわからないことがあるのですか……いやはや、少し親近感が湧きましたよ……くく……」

「ルード・ヴェルフェルムが不老不死の研究……一体どういうことだ、詳しく話せ」

俺は奴に問いかける。

グランヴァイオはこちらを嘲笑《あざわら》うかのように、にやりと口角を持ち上げた。

「あなたは何か勘違いをしているようですね……」

「なに？」

「……そんなこと、私が知るわけないでしょう」

身体《からだ》を起こし、背後の壁にもたれかかる。

ふーっと大きく息を吐き出して、狐顔の男はゆっくりと目を閉じた。

知るわけがないだと。

「それは、どういう意味だ」

そう問うと、グランヴァイオは再び瞼《まぶた》を開く。

血が滴り落ちる腹部を庇《かば》うように押さえ、笑いをこらえるように声を震わせ、言葉を紡ぐ。

「……所詮私も、捨て駒に過ぎない、ということですよ」

再び自嘲するように、グランヴァイオはふっと笑う。

抽象的で的を射ない返答だった。胸の内に、苛立《いらだ》ちが積もる。

俺はしゃがみこみ奴と目線を合わせ、催促するように問い詰めた。

「捨て駒に過ぎないとはどういうことだ。詳しく話せ」

「……私は、ある人物……上司に任されて、この研究所の用心棒をしていたに過ぎません
……知っていることは、ここで不老不死に関する研究が行われていたことと、それにヴェ

ルフェルム様が関わっている、それだけだ、ということです……それ以外には何も知りません。いやあ、一応私もそこそこ偉いはずだったんですがね……どうやらあまり信用されていなかったみたいで。口が軽いからですかね……くく……」

グランヴァイオが、研究所の用心棒？

ある人物に任されて？

……ちょっと待て。そもそもグランヴァイオは黒い鷹の離反者ではないのか。

どうして離反者が結成した組織に、黒い鷹が一枚噛んでいるんだ。

……駄目だ。押し寄せる新たな謎に、頭が混乱する。足りない情報が、多すぎる。

「ある人物とは誰だ」

「……言ってもわからないと思いますが」

「いいから早く言え」

グランヴァイオの髪を摑み上げ、命令する。

奴は一瞬顔を歪《ゆが》めた後、やれやれとため息を吐《つ》いた。

「目つきの悪いライフル使いですよ……最近連絡が取れなくて困っているのですがね」

「……目つきの悪い……ライフル使い……？」

「ええ、確か神器の名前はカール・マリアだったはずです……洒落《しゃれ》てますよね」

目つきの悪い男。ライフル使い。

そして、カール・マリア。記憶がフラッシュバックする。

あの時還らずの森で、ティアを襲った男は言っていた。

『ど、どうして……どうしてゼロのお前に、魔法が使えるんだ！　それも、俺の神器《カール・マリア》を防げるほどの！』

『まあいい。血は随分と薄いようだが、小僧。お前も吸血鬼だ。殺して持っていけば、ご主人様もさぞお喜びになるだろう』

記憶は、なおもフラッシュバックする。

奴は『ご主人様もさぞお喜びになるだろう』と言った。

吸血鬼の血から、不老不死の秘薬を生成することを目的とする研究所。

そして研究の発起人は、ルード・ヴェルフェルム。

つまり、奴の言った「ご主人様」とは。

ライフル使いに命じ、ティアの家族を皆殺しにさせた張本人は、黒い鷹の創設者。

「……ルード・ヴェルフェルム」

俺が、そう呟いた時だった。

遠くの方から、爆発音が聞こえた。地下室が、振動する。

パラパラと天井から砂埃《すなぼこり》が降り、地下をぼうっと照らしていた蠟燭《ろうそく》が床に落ちた。

「……な、なに？」

サクラとティアはきょろきょろと不安げに辺りを見回す。

不気味な音を響かせながら、地下室はなおも振動を続ける。

俺はグランヴァイオを振り返り、問う。

「今の爆発は、いったいなんだ」

「……さっき私は、研究所だった、と言ったでしょう。この研究所はついさっき、あなたが私を破った瞬間、廃棄されたのですよ」

「なに？」

「……役立たずの用心棒も、部外者に侵入を許す研究所も、用無しだ、ということです……くく……早く脱出した方がいいですよ、崩落の時は近い……生き埋めになってからでは、遅いのでね……それとも、私と一緒に地獄まで行きますか？　……くく……この地下室は私の体内マナとリンクしていましてね、私のマナが弱まれば崩落する手筈《てはず》になっていたのですよ」

グランヴァイオは肩を竦《すく》め、表情の薄い顔をニヤつかせながら指先にこびりついた血を舐《な》める。

魔法により、物体を接着させることは可能である。磁石のようにマナを利用し、物体と物体を繋げることが出来るのだ。この技術を応用することにより、建物を建てることも出来る。

しかしこの魔法は、一般的に建築には利用されない。一つ、致命的な欠陥が存在するのだ。

それは、魔法をかけた人物が死んだ時、建物も一緒に崩壊してしまうという欠点。物体を支えているマナが、使用者の死亡とともに消滅してしまうのだ。

遠くから鳴り響いた爆発音に、振動を続ける地下室。

恐らくこの地下施設は、この魔法で建築されているはずだ。そして状況を考慮するに、嘘《うそ》ではないだろう。

俺の手で首を刎《は》ねてやろうと思っていたが、奴が死ねばこの地下室が崩壊する。

マナの加護を持つ俺ならば、地下が崩落した所で、傷一つ付かない。

だが、ティア、それにサクラやサクラの父は、無事では済まない。

勿論、グランヴァイオも。

……こいつに聞きたいことは、まだ山ほどある。だが、早く脱出しないとまずい。

俺は舌打ちをして、後ろを振り返る。

「……ティア、サクラ、急いでここを出るぞ……サクラ？」

俯きながら、サクラはこちらに近寄ってくる。

そのまま、壁に寄りかかるグランヴァイオの目の前に立ち、毅然《きぜん》とした面持ちで対峙《たいじ》する。見つめ合う、快活な少女と表情の乏しい男。

サクラに気付いたグランヴァイオは、口角を上げ、ニヤリと笑う。

「おや、あなたは呪いをかけてあげたお嬢さんではないですか……どうでしたか、呪いのお味は？」

挑発するように、奴がそう言った瞬間だった。腰を屈《かが》め、右腕を振り上げるサクラ。

「いいですね、その表情……憎っくき私が許せないという怒り、憎悪……くく……」

けれど何を思ったのか、振り上げた拳を、サクラは哀れむような表情とともに、ゆっくりと垂らしていく。

「……？」

怪訝《けげん》な顔をするグランヴァイオ。

サクラは奴の前にゆっくりと膝を突き、真《ま》っ直《す》ぐにその虚《うつ》ろな瞳を見据え、ぽつりと呟いた。

「……かわいそう」

慈愛に満ちた表情で、サクラはグランヴァイオに一言だけ投げ返す。

侮られたと感じたのか、苛立ちのこもった瞳で、奴は少女を睨《にら》みつける。

「可哀相《かわいそう》だと……？　それはあなたの方でしょう。実の両親を殺され、おまけに偽物の父親は拷問に遭い、慣れ親しんだ町も燃やされたのですから」

「……そうだね。あなたの言う通り、私も可哀相な子だ……きっと、今までの人生に点数が付けられるとしたら、間違いなくマイナスだね」

「よくわかってるじゃないですか……くく……」

満足気に笑うグランヴァイオに、でもね、とサクラは微笑《ほほえ》みを返す。

「――私の人生は……私の物語は、まだここでは終わらないから……殴ってやろうと思ったけど、なんだか、あなたが可哀相になっちゃった」

膝を払いながら、穏やかな表情で、サクラはゆっくりと立ち上がる。

グランヴァイオは瞳を思い切り見開き、それから何か閃《ひらめ》いたように、唇を舌で舐めた。

「……あなたの偽の父親を拷問している最中。出来るだけ意識を失わせないよう、ギリギリの痛みを与え続けました。一番傑作だったのは、釘《くぎ》を金槌《かなづち》で背中に打ち付けるやつですね。白目を剝《む》きながら、悲鳴を上げ続けていました」

「……ッ！」

「指を一本ずつ圧《へ》し折《お》るのも良かったですね。関節が反対に折れ曲がる度、初めは威勢の良かったのがどんどん静かになって……」

苦虫を嚙《か》み潰《つぶ》したような顔で、サクラは挑発する奴を睨みつける。怒りに染まるサクラを見ると、グランヴァイオは満足気に手を叩いた。

「はははは！　そうですそうです！　その顔です！　虫けらでも見るような敵意に満ちた瞳……いいですねえ、ゾクゾクしますよ……もっと睨んでください！　もっと蔑むように、もっと！　もっと！　私の玩具《おもちゃ》として踊ってください！」

顔を歪め苛立ちを隠せないサクラ。グランヴァイオは手を叩きながら、嬉《うれ》し気《げ》に囃《はや》し立《た》てる。

サクラを見上げながら高笑いを続ける男を見返し、悔しさを滲《にじ》ませた表情で拳を握りしめる。

「殴りますか？　さっきは余裕ぶっていたのに、所詮は――」

「――うちの娘をお前の変態プレイに突き合わせるな、異常者が」

目を覚ましたのか、後ろからラルフがこつこつと歩み寄る。

その声に込められていたのは、純粋な怒りというよりは、娘を守る父親の気高さだった。

「お父さん！」

「心配かけちまったな」

　父親はサクラをそっと抱き寄せると、額の汗を愛《め》でるように拭った。憤っていた感情の渦が、優しく解きほぐされる。

　狂気の混じった感情を表情に押し出して、グランヴァイオは唸《うな》るように吠《ほ》えた。

「……おや、起きてしまったのですか。せっかく手垢《てあか》の付いていない美しい娘さんとお喋《しゃべ》りしていたのに……くく……！」

　サクラはそんな奴の叫びに耳も貸さず、父親を振り返る。

「お父さん……大丈夫なの？」

「ああ。ゼロさんのヒールはすげえなあ、何時《いっ》にも増して、絶好調だぜ」

　笑みを浮かべる父親の姿を視認した瞬間、サクラの喉がきゅっと閉まる。それから少し無言になったかと思うと、栓が外れたように、瞳から涙が溢《あふ》れ出した。

「……良かった……良かった……」

　父親の腕の中でそう繰り返し、サクラは涙を流し続ける。

　そんな娘をサクラの父は、優しく優しく、一生離さないと伝えるように、強く抱きしめた。

　そんな二人に横槍《よこやり》を入れようと、グランヴァイオは罵るような言葉を浴びせる。

けれどサクラとラルフは、そんな見え透いた挑発に乗ることなく、最後の最後まで誰かを傷つけることしか出来ない哀れな男に一瞥《いちべつ》も与えなかった。

二人の心は再会の喜びで満たされていて、小悪党の戯言《たわごと》を受け入れてやる隙間などないのだろう。

どんなに汚い言葉を繰り返してもまるで無関心を貫く二人に諦めたのか、グランヴァイオはいつしかつまらなそうに掌《てのひら》を遊ばせていた。


「さあ……ティア、サクラ、親父《おやじ》さん……急ごう」

鈍い音を鳴り響かせ、振動を続ける地下室。

詳細はわからないが、どうやらこの研究所はついさっき廃棄されてしまったらしい。

このままでは、生き埋めになってしまう。この場所から、早く抜け出して、地上に出なければならない。

拷問部屋を出る寸前に伝え損ねたことを思い出し、俺は壁際に寄りかかるグランヴァイオを振り返る。

「……言い忘れていたが、サクラの町を火の海にする計画、あれは俺が事前に阻止したぞ」

頭を落とし、ぐったりと項垂《うなだ》れる狐《きつね》顔の男は首をもたげ、小刻みに振動を続ける天井を見つめながら少し嬉しそうにふっと笑った。

「死体蹴りですか？　悪趣味ですね……く……」

「……死体になる前に、伝えておこうと思ってな。地獄への土産話にされたらたまらない」

早く早くと、向こうの部屋からサクラの呼ぶ声がする。

ティアとラルフが、心配げにこちらを窺《うかが》っている。

三人は、既に向こうの部屋まで行ってしまった。

拷問部屋に残っているのは、俺とグランヴァイオだけだ。

グランヴァイオは俺の瞳を真っ直ぐに見据えた。口角をにやりと上げ、いつもの調子でくくと笑う。

「土産話は吸血鬼になったゼロの大賢者様に殺されたということで、もうお腹いっぱいですよ……く……」

「……そうか、じゃあな」

グランヴァイオに背を向け、向こうの部屋から手招きをする、皆のもとへ向かおうとした時だった。

背中越しに、調子はずれの声が響く。

「……――黒い鷹《たか》はまだ死んでいません……今は死んだ振りをしているだけです。巷《ちまた》では壊滅寸前の組織だと思われているようですが、そんなものは嘘《うそ》っぱちです」

足を止め、グランヴァイオを振り返る。

「あなたを王宮から追い出した連中も、もしかすると……くく……くく……」

手足をだらんとさせ、ぐったりと壁に寄りかかる男。首の力が抜けたように俯《うつむ》いているから、奴の表情は見えない。

黒い鷹は、まだ死んでおらず、死んだ振りをしているだけ。

俺を追い出した連中。

ギルバルドの顔が、ふっと頭に浮かぶ。

――まさかあいつも、黒い鷹の。

「……ギルバルドは、お前たちの仲間か」

「ギルバルド？　知りませんねぇ……私はただの用心棒と言ったでしょう」

「……じゃあな」

首を刎《は》ねてやりたい気持ちに何とか蓋をして舌打ちをし、サクラたちのもとへ向かおうとした時。

「――あなたは近い内に、ヴェルフェルム様と剣を交える……そんな気がします――いやもしかすると、既に交えているのかも……くくく！」

腹の空気を全て押し出すような声高な叫びが、薄暗い室内に響き渡った。

「ゼロ君……早く早く！」

「お兄様！」

「ゼロさん、やべえぞ、揺れが大きくなってる……！」

三人の、呼び声。額に汗を浮かべ、向こうの部屋から必死に俺に呼びかける。

これ以上、ここに留《とど》まるのはまずいか。

「今行く！」

振り返らず、グランヴァイオに別れを告げず、俺はただ真っ直ぐに鉄の扉をくぐり、拷問部屋を駆《か》け出た。

地下を疾走する、俺たち四人。

俺たち以外誰もいない地下通路に、足音が反響する。

通路は薄暗い。振動は、だんだんと大きくなる。

周囲を薄く照らしていた蠟燭《ろうそく》は床に落ちてしまっており、視界はいっそう悪い。

さっきまでは通路のかなり先まで見通せていたが、今は数メートル前を走るティアの姿を確認するのが精一杯だ。

ハーフ・ヴァンパイアであるティアは、人間の数十倍夜目が利くと言っていた。

たとえ暗闇でも昼間とほとんど同じように、周囲を見通すことが出来るらしい。

だから今は取《と》り敢《あ》えずティアを先頭にして、俺たちの先導を任せている。

勿論《もちろん》俺も四分の一ではあるが、吸血鬼の血が入っている。

故に、俺が先導することも出来る。

だが、今はそんな時間すら惜しい。それに、前を走ると皆の姿が見えなくなる。

振動を続ける地下だ。何が起こっても、おかしくはない。

だからこそ、俺は三人の様子を確認出来るポジションを取るのが最善だと判断した。

ティアを先頭に、真ん中にサクラと親父さん。そして、最後尾に俺。何かあった時、すぐに対処出来るようにだ。

「……！　もうすぐ出口です！」

ティアの叫び。突き当たりに、出口への階段を発見したのだろう。

歓声を上げる、サクラとサクラの父。二人のスピードが、一気に上がる。振動を続ける地下室。大きく、強くなる揺れ。四人の足音も、大きく、強くなる。

俺とティアとサクラと、三人でこの地下室に入ってから、いったいどのくらいの時間が経過したのか。

三人で階段を降り、広間で二十人以上と対峙《たいじ》し、拷問部屋でラルフを救い出した。

随分前のように感じられるが、おそらくせいぜい数時間、か。

色々なことがありすぎて、時間の感覚がマヒしているのだろう。

なかなかに、中身の濃い数時間だった。

……今日は、疲れたな。宿に帰ったら、すぐに寝よう。

外はまだ入った時と同じく、真っ暗なはずだ。

全力で、出口を目指す四人。ゴールは、目と鼻の先だった。

数メートル先に、階段が見える。あれを上り切れば、ようやく、この長い長い夜も終わりだ。

四人の表情が緩む。

スピードが、上がる。

けれど——運命は俺たちの味方をしない。

「……！」

石造りの冷たい天井に、小さなひびが入る。

それはそのまま、一瞬のうちに巨大な亀裂となり、俺たちに襲い掛かった。

ゴール目前で、天井が崩落する。

雪崩のように、瓦礫《がれき》の山が降ってくる。

前を走る、三人の足が止まる。突然牙を剥《む》いた天井を見上げ、茫然《ぼうぜん》とするティア。

顔を歪《ゆが》ませる、サクラ。そんなサクラを庇《かば》うように、決して傷つけないように、身体《からだ》の内側に抱きしめるラルフ。

……本当に今日は、最後までトラブル続きだな。

意外と俺は、運がないのかもしれない。

けれど。そうであるならば。

運命が俺を嘲笑《あざわら》うのであるならば。

その運命を力尽くで、ねじ伏せるだけだ。

「——ティア、サクラ、親父さん、大丈夫だ」

牙を剥く、天井を睨《にら》み上げる。吹き抜けの高い天井。猛烈な勢いで俺たちめがけ降ってくる瓦礫の山。

……そうだな、燃やし尽くしてしまうか。

右手に今日初めて、相棒であるレーヴァテインを召喚する。

地獄の業火が剣先に灯る。俺は真っ直ぐに剣を振り上げた。残像を描いて天を仰ぐ、破滅の剣。

炎は瓦礫に燃え移り、跡形もなくなるまで粒子一粒残さず燃やし尽くす。

一瞬のうちに瓦礫の山は燃え去った。雪崩のように押し寄せる天井の残骸は、視界から消滅した。

レーヴァテインの炎は、何もかもを焼き尽くす地獄の業火だ。通常は物体を燃やすと灰が残るが、この刀の炎は塵《ちり》一つ残さない。揺るぎない炎を刀身に纏《まと》い、全てを無に帰す信念の剣。それが、この剣の能力。

まるで手品のような光景に、三人は呆《あき》れかえったような笑みを浮かべる。

「……崩れてきた天井を……一瞬で……」

まん丸に見開かれたティアの瞳。

ぽっかりと穴の空いた天井。現れる、美しい夜空。

ああ、やっぱりか。やっぱり、まだ夜だ。幾千の星たちが瞬く、漆黒の空。

金色に輝く月が、俺たちをのぞき込んでいる。

なおも続く、揺れ。安心するには、まだ早い。

「……さあ皆、早く出よう。今度は天井じゃなく、足元まで崩落してきそうだ」

「本当に、ゼロさんはすげえな……一体、何者なんだか」

「……ありがとう……ゼロの大賢者様」

ぽつりと、サクラは呟《つぶや》く。

「え？」と、聞き返すラルフ。

返事をせず、階段を駆け上がるサクラ。

俺も聞こえない振りをして、親子の後に続き、出口まで一直線に階段を駆け上がった。


「……やっと抜け出せましたー！」

俺たちより一足先に、先頭を走っていたティアが両手を広げ、歓喜の雄たけびを上げる。

「やったー！」

「うおおおおおおお！」

続いて、会心の笑みを浮かべ、満天の星々に向かい、両手を突き上げる、サクラとサクラの父。瞼《まぶた》をぎゅっと絞り、全身で喜びを分かち合う。

「……やっと、終わったな……」

久しぶりの、地上。透明感のある、澄み切った森の空気。

肺の中いっぱいに詰め込んだそれは、とてもとても、美味《おい》しかった。

星の降る夜空の下。生還の喜びを噛《か》みしめる、サクラとラルフ。

二人して涙を浮かべ、瞳を見つめ合っている。

「……本当に、ありがとうな、サクラ」

「ううん……私は何もしてない。全部、ゼロ君のおかげなの。お礼なら、ゼロ君に言わなきゃ」

「……そうか、そうだな……まだしっかり、ゼロさんにお礼が言えてねえな……」

照れくさそうに後ろ髪を掻《か》きながら、ラルフはすたすたとこちらに歩いてくる。

俺の前まで来て、赤い目で片眉を持ち上げながら、にんまりと満面の笑みを浮かべた。

「……ゼロさん。本当に、ありがとうございます。それに、ティアちゃんも……。馬鹿な真似《まね》をして先走った俺を助けてくれて。ゼロさんたちが地下まで来てくれた時は、びっくりして心臓が止まるかと思ったぜ。本当に、なんてお礼を言ったらいいのか……」

「そ、そんな……私は何もしてません……頑張ったのは、全部お兄様ですから……」

頭を下げる親父《おやじ》さんに、どう対処していいか分からなかったのだろう。

横にいるティアは両手を胸の前で振りながら、おろおろと困惑の表情を浮かべる。

俺はそんな可愛《かわい》らしい少女の頭を、優しく撫でた。ティアはぎゅっと目を瞑《つぶ》って、少しだけ、身体をこちらに傾ける。

「謙遜するな……ティアも十分頑張ってたよ」

「んん……そうでしょうか……」

「うん、そうさ」

「そうそう、最後にティアちゃんが先導してくれなきゃ、今頃私たち生き埋めだよ！」

ぴょんぴょん跳ねながら、サクラもティアの頭を撫でる。

右側を俺が、左側をサクラが。二人から髪をくしゃくしゃにされているティアは、少しだけ迷惑そうにはにかみながらも、満足気に胸を張っていた。

「……本当に、助けに来てくれて、ありがとうな。ゼロさん、ティアちゃん……サクラ」

父親の瞳は、涙で潤んでいた。

その姿を見て、俺の胸にも熱いものが込み上げる。

本当に、助けて、助けられて良かった。この人には、この親子には、いつまでも幸せでいてほしい。

星降る夜空の下。確かな満足感が、胸の内に沁《し》みわたる。

「……俺は、自分のやりたいことをしただけだよ……本当に、親父さんが無事でよかった」

俺がそう言った瞬間、親父さんの顔がくしゃりと歪む。堪《こら》えることが出来なかったのだろう。そのまま少し俯《うつむ》いて、両手で顔を覆った。

「……ありがとう……ゼロさん……今まで悪いことばっかしてきて……罰が当たったのかと思ったんだ……俺は、幸せになる権利がないって……神様が、そう言ってるのかと思ったんだ……」

しゃがみこんで、嗚咽《おえつ》に声を震わせる。サクラはそんな父親の、丸まって小さくなった背中を、覆うように抱きしめた。

「ううん、そんなことない……お父さんにその権利がないなら、一体誰に権利があるのさ」

「……ごめんな……サクラ……こんな駄目な親父でさ……」

蹲《うずくま》ったラルフの真下に、ぽたぽたと雨が降る。

駄目な父親の為《ため》に、どこの娘が、ここまで頑張るだろうか。

どこの娘が、俺に向かって、あそこまで愛を語るだろうか。

親父さんは、駄目な父親じゃない。俺がそう言おうとしたら、先にサクラが口を開く。

「ううん……誰がなんと言おうと、私にとってお父さんは、世界で一番のお父さんだよ。

お父さんの娘になれた私は世界一の幸せ者だと思ってる……本当だよ」

「……うん……うん……」

雨の勢いが、強くなる。けれど、顔を歪めながら泣きじゃくるラルフの表情は、とても誇らしげで、満足感に満ちていた。

血のつながりよりも、強い何か。この二人を繋いでいるのは、きっと、そんな奇跡みたいな何かなのだろう。

本物ではない故に、本物よりも美しくなった。

この星空にも劣ることはない、神様だって想定外の、固く強い、絆《きずな》なのだ。

……俺が出る幕じゃや、なかったな。

いつの間にか、ティアもうっすらと涙を浮かべている。

とても、優しい子なのだろう。

唇を噛み、涙をぐっとこらえている少女の肩を、俺は抱きしめるようにそっと引き寄せた。

瞳をうるうるとさせながら、こちらを見上げるティア。

「……私もいつか、お兄様と……あんな風になれるでしょうか」

期待と不安に揺れ動く大きな赤い瞳で、こちらをじっと見つめる少女。

思わず、面食らった。

それからふっと小さく微笑《ほほえ》んで、慈しみを込め、ティアの美しい髪をそっと撫でる。

「お前はもう、俺の大事な妹だよ」

「……ゼロ様も、私にとって大切なお兄様です」

互いに見つめ合う、俺とティア。

今はまだ、言葉だけだけれど。この星空には、敵《かな》わないけれど。

……いつか。

そんな風に、願った時。偶然か、必然か。

俺たちの背中を押すように、一つの流れ星が夜空に華を持たせた。

「……さあ、皆。そろそろ宿に帰ろうか。研究所が崩落した影響で、地盤が緩んでいるかもしれない。長居は禁物だ。話は、宿に帰ってからゆっくりしよう」

「そう……だな……そうするか！」

泣きはらした瞼で、親父さんが笑顔を作る。

サクラも、微笑みながらこくりと頷《うなず》いた。

それから照れくさそうに前髪を気にした後、キョロキョロと瞳を泳がせ、こちらに近寄ってくる。

サクラは俺の耳元で少し背伸びをし、誰にも聞こえないように、小声でささやく。

「……ねえ、ゼロ君……」

「ん？」

「あの……その……」

「どうした？」

「……二人きりで話したいことがあるから、宿に帰ったら……テラスまで来てくれない？」

熱っぽい吐息が耳にかかって、くすぐったい。

顔を紅潮させ、上目遣いで見上げてくる少女と目が合う。少しだけ俯きながら、身体《からだ》をもじもじとさせるサクラ。

耳まで真っ赤に染まった顔からは、こちらにも、緊張が伝わってくる。

幾千の星が、瞬く夜空。手を伸ばせば届きそうな星たちが、闇夜を優しく照らしている、特別な夜。

まだまだこの夜は終わらなそうだなと、俺は小さく苦笑いをした。


深い闇を星々が照らす夜。

俺たち四人は、宿に向かって歩を進めていた。

来る時は不気味に思えた林も、何故《なぜ》だか今は、自然豊かな良い場所だと思える。

歩くたびに鳴る葉っぱの音も、遠くから響く獣の鳴き声も、不思議と今は耳触りが良い。

それはティアにしても同じようで、あれだけ怖がっていた癖に、今はるんるんとリズムを取り、頭を少し揺らしながら笑みを浮かべている。

さっきから俺の隣を歩くサクラは緊張しているのか、顔を赤くし、少し俯き加減。

そんなサクラを、事情を知らないティアは不思議そうにちらちらと眺めている。

静寂が支配する林の中を、俺たちは何も言わず、ただ確かな満足感だけを胸に抱いて、歩き続ける。

そんな風に、俺たちが宿を目指し始めて五分ほど過ぎた時だった。

不意に、ティアは立ち止まる。

サクラとラルフは気づかず、前を歩き続ける。

ティアは視線の先に林の奥を捉え、思いもよらない人物と出会った時みたいに、口をぽっかりと開けた。

「……ティア？」

不審に思い、俺も立ち止まり少女の目線を辿《たど》る。林の奥の奥。月明かりがぽおっと照らす、藪《やぶ》の中。

あれは……人？

こんな時間に、こんな場所に？

目を凝らす。だんだんとシルエットが浮かび上がる。

揺れる銀髪の、後ろ姿。ティアと同じ、白銀の髪。

そのまま人影は白に近い白銀の髪を揺らしながら、逃げるように闇の中に姿を消した。

ハッキリとはわからないが、ティアと同い年くらいの……女の子？

「……」

既に誰もいなくなった林の奥を、ティアはなおも見つめている。目を僅かに伏せ、記憶の引き出しを探るように、ぶつぶつと何かを呟《つぶや》く。

「……あれは……いや……そんな……あの子は……」

口元に手を当てて、ティアはごくりと唾を飲み込んだ。

「……知り合いか？」

俺が尋ねると、今更俺の存在に気付いたように、びくりと肩を持ち上げる。

「あ……いえ……その……」

目線を俺から外し、ティアは言《い》い淀《よど》む。

「どうした？」

「後ろ姿が知り合いに……似ていまして……」

「知り合い？」

「……はい。勘違いだとは、思いますが……もしあの子だとすれば、私に声をかけてくるはずですし……」

ティアは、しばらく無言になる。

「ねえ二人とも、どうかしたのー!?」

俺たちが付いてきていないことに気が付いたのか、五メートルほど離れた地点から、サクラは不思議そうな顔でこちらを振り返る。

穏やかな月の光に照らされる、薄茶色の瞳。濁りのない少女の双眸《そうぼう》が、仄《ほの》かな不安に揺れている。

「あ、いや……なんでもありません！」

微笑《ほほえ》みながら、ティアはサクラに手を振って応えた。

腑《ふ》に落ちない表情を浮かべながらも「ふーん」と、納得した様子を見せるサクラ。

「……いいのか、ティア。気になるなら、今から追いかけることも……」

俺が提案すると、ティアは小さく首を左右に振った。

「……いえ、大丈夫です。きっと、私の勘違いだと思うので」

「……そうか」

「せっかくのハッピーエンドを、私の勘違いで台無しにしたら大変です。お兄様、早く行きましょう！」

ティアは俺の掌《てのひら》を優しく握った。少女の温《ぬく》もりが、肌に伝わる。

親父さんも、サクラも、二人とも幸せになって、ハッピーエンドで幕を閉じたこの物語。

確かにここで水を差すのは無粋、か。

時折こちらを気にしながらも、再び前を向き小さく鼻歌を歌いだしたサクラ。

リズムを取りながら、小さく首を揺らすサクラの父。少女の涼やかな歌声は風に乗って、いったいどこまで広がっていくのだろう。

優しい月明かりが照らす林に、幸せな親子がいた。

「やっと着いたー！」
あれから三十分ほど歩き、俺達はようやくドネックの町に帰ってきた。

開口一番、宿の玄関扉を思いっきり引き開け、サクラは両手をいっぱいに広げる。

それから、そのままソファーに飛び乗った。

後に続くラルフ。親子して子供のようにソファーではしゃぐ二人に、俺もティアも小さく苦笑いを浮かべる。一階の、受付兼待合室。まだ数時間しかたっていないが、とても懐かしい気分だった。

「……ようやく、帰ってきましたね」

「ああ……そうだな」

まるで平和そのものの、この風景を見ていると、さっきまでの非日常が嘘《うそ》のように感じられる。

『……二人きりで話したいことがあるから、宿に帰ったら……テラスまで来てくれない？』

さあ、後はサクラとの約束を果たすだけ、だな。

「サクラ」

少女に小さく呼びかけて、目線で合図をする。

俺の意図に気付いたのか、人目も憚《はばか》らずはしゃいでいた少女は、急にしおらしくなった。

小さくこくりと頷いて、俯《うつむ》きながらこちらに歩いてくるサクラ。

仄かに紅潮した面持ちで、小さく耳打ちをする。

「……あの……その……ティアちゃんやお父さんが寝てからでも……いい……かな……？」

少女の膨らみが、腕に触れる。緊張で震えた、熱っぽい吐息が鼻腔《びこう》をくすぐる。

俺は苦笑いしながら、少女の瞳を覗《のぞ》く。透き通るような薄茶色の瞳は、水面《みなも》に俺だけを映してさざ波を立てている。

「……いいよ」

「……ありがとう」

少女の細い指先が、そっと俺の掌に重ねられる。

橙色《だいだいいろ》をした蠟燭《ろうそく》の炎が、俺たちを柔らかく照らしていた。

第五章　約束

静寂の中、窓から射《さ》し込む仄《ほの》かな月明かりだけが周囲をほおっと照らす、真夜中の寝室。

隣のベッドでティアが静かに寝息を立てている事を確認し、俺はそおっとベッドから起き上がった。

ティアは柔らかな布団を口元までかぶり、まつげのくるんとした瞼《まぶた》をぴったりと張り付けている。

時折寝返りを打ち、言葉にならない寝言を呟《つぶや》くティア。

愛らしい少女の安眠を邪魔してしまわないように、俺は慎重に部屋の扉を引き開け、音を立てないようにそおっと閉めた……はずだったのだが。

「……ゼロ様」

部屋を出ようとした時、ティアはベッドに入ったまま、ぽつりとそう呟いた。

俺は少女を振り返る。

「てっきり寝ていると思っていたが……起きていたのか」

「すみません……寝たふりをしていました」

やれやれと肩をすくめ、ティアの方まで戻る。

吸血鬼の少女はなんとなくもどかしそうに、布団をかぶりながら俺の方をじっと見つめた。

「……あの、お兄様」

「どうした？」

「……私、もうわがままは言いません。……行くな、とは言いません」

なんだ、この子は知っていたのか。俺は苦笑いして、ティアのベッドに座り込む。

「……でも、最後に一つだけわがままを言わせてください」

ティアは自分の顔を隠すように、ベッドの中に潜り込んだ。

静寂な宿の一室に、籠った声が響く。

「……あの……その……眠るまで……添い寝してもらっても、いいですか……？」

そのあまりにも可愛《かわい》らし過ぎる少女の頼みに、俺はふっと噴き出した。

ティアは照れ隠しをするように、強い口調で迫る。

「し、しないのかするのか……どっちですか！」

「……わかったよ」

俺は髪を掻《か》きあげ、ティアのベッドに潜り込む。

帰った後、下のフロアでお湯を浴びてきたからか、サクラに借りた薄物の夜着に身を包んだティアは、柔らかな熱を持っていた。

温かい布団は少女の熱がこもっており、嬉《うれ》しさ半分恥ずかしさ半分といった表情でどぎまぎとするティアと至近距離で目が合う。

「……少し狭いですね」

「このベッドは、一人用だからな」

密着する俺の目と鼻の先には、揺れる少女の瞳。

仄かに甘い熱っぽい吐息が鼻腔《びこう》をくすぐった。

「……お兄様って……意外とまつげ、長いんですね」

「……お前もな」

微笑みを返すと、少女は急に険しい顔になった。

いや、違う。険しいわけじゃない。これはそう。涙を、堪《こら》えている……そんな表情だ。

「寂しいのか」

「……ごめん……なさい……我慢するようにしていたんですけど……なんだか……安心し

たら……急に……」

ティアは目の端から涙を滴らせる。

気丈に振る舞ってはいるが、家族を殺されて殆《ほとん》ど日が経《た》っていないんだ。

心細いのは、当然か。

俺はそんなティアを安心させるように、こちらに抱き寄せる。

「……優しい、ですね」

優しい——本当に、そうだろうか。

「……本当に優しい奴は、人殺しなんてしない」

「価値観は、人それぞれですよ……私にとってゼロ様は、世界で一番優しいお兄様です」

「そうかい」

俺がそう返すと、ティアは小さく笑って涙をぬぐった。それから恥ずかしそうに目を泳がせ、唇を噛《か》みながらぽつりとつぶやく。

「……あの、吸ってもいいですか……血」

「わがままは最後なんじゃなかったのか？」

「……すみません、やっぱりさっきの発言は撤回します。……多分これからも、私はお兄様にわがままを言い続けます」

「なんだ、それ」

「……妹なので、当然の権利です。お兄様は今日、遠慮するなと言いましたので……発言の撤回も、遠慮なく行います……いいですか……？」

遠慮なく撤回すると言いつつも、俺に許可を求めてくる少女のどっち付かずな態度に苦笑いする。

「好きにしてくれ」

俺が許可を出すや否や、待ちきれなかったというように、ティアは俺の首に手を回す。

赤い瞳が金色に変化し、妖艶に輝きだす。瞳に宿っていた、理性の光が消える。

柔らかい少女の身体《からだ》が、絡みつく。

荒っぽく息をして胸を俺に押し付け、ティアは太ももを絡ませてくる。

少女の身体はだんだんと熱を増す。頰《ほお》に一筋の汗が伝い、俺の顎に滴り落ちた。

「いただきます……」

首筋に、猫が甘噛みをするような痛みが走る。そのまま俺の身体に覆いかぶさるように、ティアは乗りかかる。背中の方にまで手を伸ばし、完全に俺を抱きしめながら首筋に顔を埋《うず》めた。

少女の中心でどくどくと脈打つ鼓動が肌を通して伝わり、甘い汗で湿った身体の匂いに、頭が少しくらくらとする。

それからティアは小さく喘《あえ》ぐような声を発し、自分の中の抑えきれない何かに全身を撃ち抜かれたように、身体をぎゅっと強張《こわば》らせた。

しばらく呆然《ぼうぜん》と虚空を見上げた後、少女はふっと瞳に理性を取り戻し、ごろりとベッドに横たわる。

「美味《おい》しかったです……お兄様」

「……そうか」

俺は、横で頬を赤らめながらぼーっとするティアの頭を撫でる。

「……夕焼けを見た時の約束、覚えてくれていたのですか」

「ああ、勿論《もちろん》」

俺がそう返すと、ティアは俯《うつむ》いた。それから数秒黙り、ゆっくりと口を開く。

「……実は私、ゼロ様に隠していることがあります」

「なんだ？」

ティアは顔を紅潮させたまま、けれど少し不安そうに俺の顔を覗《のぞ》きこんでくる。

静寂の中に、沈黙が入り込む。決心がついたように、ティアはゆっくりと小さな口を開いた。

「私は今、あなたなしでは生きていけません」

真っ直《ま す》ぐに俺の瞳を見据えたまま、少女はそう言った。突然の告白に、虚を衝《つ》かれた俺は言葉が見つからず、「……どういう意味だ」と返すのが精一杯だった。

少女は視線を僅かに逸《そ》らし、言葉を紡ぐ。

「……ハーフの吸血鬼が人間を吸血鬼にすると……吸血鬼にした人間の血しか、吸えなくなるんです」

吸血鬼にした人間の血しか、吸えなくなる。

それは、つまり。ティアは俺の血しか吸えないということで。

「詳しい理由はわかりません。ですが、吸血鬼が同族を造ると、造った人間以外の血液から栄養を摂取する力が弱くなります。純血の吸血鬼であれば、それほど問題ではないのですが、ハーフである私は通常の吸血鬼よりも吸血能力が弱いので、今はゼロ様以外の血液から栄養を得ることが出来ません」

吸血鬼が同族をあまり造りたがらないのはこれが理由ですと、ティアは付け足す。

「……血液が枯渇すると、吸血鬼は発狂してしまいます。……私は今、あなたなしでは生きていけません。ゼロ様なしでは……」

そうか。この子が連れて行ってくれと言ったのは。勿論、それだけではないだろうが。

「……どうして俺を助けた」

「どうしてでしょう……。多分、そうしないと後悔すると、私の中の誰かが言ったからかもしれません」

俺と同じ、か。

小さく笑うと、ティアはぎゅっと唇を噛む。涙ぐむ少女の赤い瞳。

「だから、見捨てないでください……あなたに見捨てられたら、私は生きていけません。私はもう、一人では歩けません。卑怯《ひきょう》なことも分かっています。これは、ずっと秘密にしようと思っていました。けど……」

俺がサクラのもとへ行くと知って、急に不安になったのだろう。もしかしたら見捨てられるかもしれないと、そう思ったのだろう。

「俺がサクラのもとへ行ったきり、帰ってこないとでも思ったのか？」

ティアは俯いたまま、沈黙を守る。

「……あー……また独身の期間が延びそうだな。大賢者に復帰したら、レイアからシスコンと罵られそうだ」

俺は苦笑いをする。安心しろ、お前を見捨てられるほど、俺は強くない。

ティアは安心したように顔を綻ばせた。

「それって……」

「サクラのもとへ行くのは、別れの挨拶をしに行くだけだ。お前を見捨ててこの町でサクラと暮らそうなんて、これっぽっちも思ってない」

「……よかった……です」

けれど、そのすぐ後、今度は少し不機嫌そうに眉を顰《ひそ》める。

「……独身なら……私を貰《もら》ってくれても、いいのですが……同族造りは家族になるのと同意で、女から年上の男性に向けて行われるのは、ある種のプロポーズなのに……特にハーフなら……やはり、妹設定はしない方が……奥さんと妹では大分差があると気付いたのが遅すぎました……」

「ん？」

「あ！　いや、なんでもないです！」

あわあわとはにかみながら首を左右に振るティア。

それから、少女の瞼《まぶた》がだんだんと降りてくる。

「……なんだか……眠くなってきました……本当に……仕方ありませんね……今晩だけ……は……サクラさんに……お兄様を……お貸しします……でも……私の……」

ティアは、すやすやと寝息を立てはじめる。

「おやすみ……」

俺は安らかな少女の寝顔に別れを告げて、部屋を出た。


廊下に出ると、ガラス張りの窓から射《さ》し込むうすぼんやりとした夜空の光が、足元に小さな影を作る。

昼間は喧騒《けんそう》と活気に満ちていたドネックの町も、夜になるとまるで別天地のような静けさが、辺りを包み込んでいる。

さわさわと聞こえる虫の音。控えめな野鳥の鳴き声。

そんな心落ち着く夜の音に耳を澄ませながら、俺は今日の出来事を振り返る。

本当に、今日は色々なことがあった。

サクラたちと出会ったこと。ティアに露店でペンダントを買ってやったこと。

町を一望出来る高台で、サクラとティアと三人で美しい夕焼けに包まれる黄昏《たそがれ》の町を見たこと。

親父《おやじ》さんにサクラを旅に連れて行ってくれと言われたこと。

町を出ていくなんて、望んでもいない強がりを笑顔で言う少女を見たこと。

そんな少女のささやかな願いを、叶《かな》えられたこと。それもこれも全部、この穏やかな夜の光を浴びていると、遠い昔のことのように感じられる。

コッコツと、石造りの階段を踏みしめる。小気味の良い音が、誰もいない宿に反響した。

無人の待合室の裏側に回り込み、テラスへと繋《つな》がる引き戸式の窓の鍵を開けた。

すーっと風が吹き込んできて、灰色の髪がふわりと揺れる。

しっとりとした外気。木製のテラスには、誰もいない。

サクラはまだ来ていなかった。俺とティアとサクラとラルフと、四人で夕食を取ったテーブルの椅子に座る。ここで楽しく、本当に楽しく夕食を取ったのがまだ数時間前だとは、到底信じられない。

お世辞抜きで、頬が落ちそうになる手料理。

尽きない笑い話。時折顔を赤らめるサクラ。大事に取っておいた思い出のアルバムをめくるように、記憶の引き出しをそっと引き開ける。

本当に、今日の夕食は楽しかった。そんな風に俺が感慨に浸っていると、静かに窓が開いた。

トレードマークのポニーテールを解いて、背中まで真っ直ぐに伸びた薄茶色の髪。

小走りで駆け寄ってくる、落ち着いた雰囲気になった少女。

「ごめんごめん……待った？」

「……いや、今来たところだよ」

申し訳なさそうに髪を揺らす少女に、微笑《ほほえ》みを返す。

サクラは、ほっと胸をなで下ろした。

「よかったー。いやー……お父さんがなかなか寝てくれなくて……ちょっと遅くなっちゃった」

なかなか寝静まらない父に、やきもきとするサクラ。

そんな可愛《かわい》らしい乙女の憂鬱が頭によぎる。サクラはすっと頭をもたげ、星空を見上げた。

「……本当に、星が綺麗《きれい》だね」

瞳をきらきらさせるサクラ。俺はこくりと、頷《うなず》きを返す。

「そうだな」

「……ゼロ君ってさ、ことあるごとに空を見上げているよね」

「そうか？」

「うん、そう。ふっと見るとね、いつも何かを懐かしむような顔で、星空を見上げているの」

「それは、気付かなかったな」

「……ゼロ君が何を見てるのかなーって知りたくて、ゼロ君が星空を見上げている度に、私も真似《まね》をして空を見上げていたの」

後ろ手に手を組みながら、サクラは空に向かって話しかける。

俺も一緒に星空を見上げた。

「慈しむようでいて、なんだか悲しそうで……そんな複雑な表情を浮かべるゼロ君が、いったいこの星空に何を見ているのか知りたくて」

俺は空を見上げながら、そんな顔をしていたのか。

サクラに指摘されて初めて気が付いた自分に、俺は小さく苦笑いをした。

「……あーあ。結局、ゼロ君が何を見ているのか……星空の奥に何を映してるのか……わかんなかったなー」

サクラは不服そうな顔をして、小さく舌を出す。

「大丈夫だよ、サクラ。俺もサクラに指摘されて、初めて気が付いたんだ。俺だって、わかってない」

いや……多分それは嘘《うそ》だ。

俺は忘れられていない。きっとまだ、あの子を星空に浮かべているのだろう。

微笑みを返すと、サクラはこちらを振り返りふっと笑った。

「……そっか。じゃあ、まあ、この町の空は綺麗《きれい》だってことには気付けたし、とりあえず今日はそれでよしとするか！」

小さく握りこぶしを振り上げ、サクラはにひひと笑った。

それから訪れる、静寂。二人の間に、沈黙が流れる。

少し俯《うつむ》き加減で、サクラは小さく唇を噛む。月明かりに照らされたサクラの頬《ほお》は、僅かに上気している。

きっと、何かを言おうとしているのだろう。

言おうとして、けれど少し照れくさくて、少女の胸の内には今、複雑な葛藤が渦巻いているのだろう。

俺は、席を立ち、サクラのもとまでテラスの床板に足音を響かせる。

俯く少女の伸びた髪を優しく梳《と》かすと、サクラは目を丸くしてこちらを見上げた。

「どうした、サクラ。何か言いたいことがあるのか？」

「……もう、本当にゼロ君にはかなわないなー……」

降参するように肩を竦《すく》めて、サクラは俺の瞳を真っ直ぐに見据えた。

それからすっと目を閉じて、深呼吸を繰り返す。

じんわりと、顔が赤く染まる。決心が付いたのか、サクラはぱっと瞼を開く。

薄茶色の瞳は、俺だけを捉え続ける。

「……呪いにかけられた私を助けてくれてありがとう。高台で、頭を撫《な》でてくれてありがとう。諦めかけていた私に、もう一度勇気をくれてありがとう。火の海にされかけた町を、救ってくれてありがとう……本気で怒ってくれて、ありがとう。捕まったお父さんを助けてくれて……ありがとう。七年前……私とお父さんを助けてくれてありがとう。……ゼロ君はいつも、私のピンチを救ってくれるよね。……ずっと、こうやってちゃんとお礼が言いたかったの……最後まで聞いてくれて、ありがとう」

仄《ほの》かな朱に染まる、少女の頬。照れくさそうに笑みながら、サクラは前髪を気にした。

健気《けなげ》に礼を述べる少女に、胸の内に温かいものが広がる。

「……どういたしまして」

俺がそう返すと、サクラは満足気に微笑んだ。

それから、少しだけ俯いて。瞳をゆらゆらと揺らめかしながら、俺をそおっと窺《うかが》い見る。

「ねえ、ゼロ君が……ゼロの大賢者様だっていうのは……本当なの？」

手を伸ばせば届きそうなほど、星が近い夜。

月明かりが美しい、静謐《せいひつ》な夜。

濁りのない透き通った瞳は、俺だけを映していた純真無垢《じゅんしんむく》なサクラの瞳は、真っ直ぐに俺を見据える。

元大賢者ジークフリード・ベルシュタインは、国賊だ。

エメリア王レイア・ノーヴィス・エメリアを暗殺しようとした大罪人として、国民からは認識されている。

国王を暗殺しようとし、哀れにも失敗。そして還《かえ》らずの森へ放逐され死んだ、と。

きっと、サクラもそれを知っているのだろう。

俺を見る彼女の瞳が、決して憧れだけを映しているわけではないことからそれは明らかだ。

けれど、その時。俺はどうしても、サクラに嘘を吐《つ》く気にはなれなかった。

どうしてだろう。俺は、熟成されたウイスキーみたいな色をした、美しいサクラの瞳を見つめ返す。

「ああ、本当だ」

「……やっぱり……か」

後ろ手に手を組んで、サクラは目を伏せる。

次に来る言葉は、

『どうして、国王様を暗殺しようとしたの？』

のような、純粋な疑問だろうか。

それとも、敵意とともに発せられる、

『……帰って』

という軽蔑だろうか。

けれど、サクラの言葉はそのどちらでもなかった。

彼女は満開のサクラのような笑顔で、そうであることに一切疑問を持たないような純粋さで。

「――じゃあ、ゼロ君が無実だって知ってるのは、世界で私だけなんだね」

と言った。

「えへへ。二人だけの秘密が出来ちゃった」

「……」

「あ……もしかしてティアちゃんも知ってる⁉」

顎に手を当てて、おどけるサクラ。

多分その時、俺はひどく間抜け面を晒《さら》していたと思う。胸の奥にじんわりと、温かいものが広がる。

苦笑いをしながら、小さくこくりと頷《うなず》いた。

「そーだよね……一緒に旅をしてるから、ティアちゃんが知らないはずないよね……じゃあ、私だけじゃなくティアちゃんもかー……うーん……ゼロ君を独り占め出来なくて残念……」

本当に残念そうに、サクラは項垂《うなだ》れた。

「俺が無実だって……信じてくれるのか？」

どうしてそんな当たり前のことを聞くのかという表情で、サクラは目を丸くした。

ふーっとため息を吐いて、それからにこっと笑う。

「私ね、人を見る目はあるほうだと思うの。私の独断と偏見によると、ゼロ君は千二百パーセント、もうため息が出そうになるくらいのお人好しだから、逆に信じるなっていう方が無理があるよ」

お人好し、か。間違いないな。

向かい合う、サクラと俺。にんまりと微笑みながら、サクラは半歩前に出る。

身体《からだ》の熱が、微《かす》かに伝わってきそうな距離。

俺の掌《てのひら》を、そっと握る。少女の熱が、伝わってくる。

「……だからね、たとえエメリアの人みんながゼロ君の敵になったとしても、私だけは最後まであなたを信じる。この場所で、ゼロ君が帰ってくるのを待ってる。勿論《もちろん》、ゼロ君が私の助けが必要なんだーって言ってくれれば、喜んで飛んでいくよ。……あ、大賢者様にゼロ君って……失礼かな？」

口元に手を当てて、サクラは不安げにこちらを見上げる。

「……いいや、寧《むし》ろ今更大賢者様なんて言われる方が、むずがゆい」

「……えへへ。よかった」

手を握ったままのサクラ。掌越しに、少女の鼓動が伝わってくる。

サクラは顔を赤らめながら、眉を少し上げ、上目遣いでこちらを見上げた。

「七年前からね、ずっと探してたの……あの時私とお父さんを助けてくれた人は、いったい誰だったんだろうなーって。町で黒髪の男の人を見る度にね、もしかしたらって、目で追っちゃったりして……多分、初恋の人だったんだと思う」

そう言い切った瞬間、サクラの頬がトマトみたいにかーっと赤くなる。

少女はそのまま照れ隠しのように表情だけで笑って、目を泳がせた。

「ま、まさかね、髪の毛の色も変わって、しかも年齢も若返ってるなんて、思うはずないよね。お、おまけに吸血鬼になっちゃってるなんて、すっごくびっくりした」

話題を逸らすように、あたふたと慌てふためく少女。

しばらく沈黙が流れた後、サクラはふっと真剣な顔つきになる。

「……ねえ、明日にはもう行っちゃうんでしょ？」

「ああ、朝にはこの町を出ようと思ってる」

「……じゃあさ、最後に一つ……思い出だけ、貰《もら》っていい……？」

潤んだ縋《すが》るような瞳で、飼い主に捨てられる前の猫みたいな顔で、サクラはじっと俺を見つめる。

「……目を、瞑《つぶ》って」

俺が何も言わないことを、肯定と受け取ったのだろう。

頬に、熱っぽい掌が添えられ、つま先で少し背伸びをするサクラの顔が目の前に来る。

俺は、瞼《まぶた》を閉じた。

興奮しているのか、荒いサクラの呼吸音が鮮明に聞こえてくる。

「……目を開けちゃ……ダメだよ……」

柔らかな感触が唇に触れる。

それは、小鳥がついばむような。軽く触れるだけのぎこちない、少女の口づけだった。

「……」

「……」

ゆっくりと瞼を開くと、耳まで真っ赤に染まった少女が目の前にいた。

よほど恥ずかしかったのだろう。小さく唇を噛《か》みながら俯いて、身体をふらふらと揺らしている。

「……た、多分しばらくは会えないと思ったから……あの……その……初めてはゼロ君に貰って欲しくて……その……か、軽い女ってわけじゃないよ！　……な、七年前からずっと想《おも》ってたから……こ、これは、七年越しの純愛なの！」

言い訳を繰り返す度に、サクラはますます顔を紅潮させていく。

俺は笑いそうになるのをぐっとこらえ、少女をそっと抱き寄せた。

びくりと持ち上げられた瞼。今にも破裂しそうな心臓が、サクラの中心で大忙しだった。

「……もし俺がもう一度この町に帰ってきたら、また、この町を案内してくれるか？」

「も、もちろん、喜んで！　広場だろうと高台だろうと、大人の店だろうと……！」

サクラはしまったという顔をする。

俺はその表情があまりにもおかしくて、思わず噴き出してしまった。

「もうー、笑わないでよ！　これは、不可抗力だから！」

益々《ますます》おかしくて、空を見上げて笑う。

サクラは赤い顔をむすっとさせて、責めるように俺をぺちぺちと叩《たた》く。

しばらくそうしていると、いつの間にか、サクラも笑い出していた。

抵抗するのを諦めたのだろう。もう、どうにでもなれ。一緒に楽しんでしまえ。快活な少女のことだ、そう思ったに違いない。


星の落ちそうな夜空。

俺たちの笑い声だけが、天まで上る。

「あはははははっ」

「ふふふふふふっ」

幕はだんだんと下りていく。用意されていたような、ハッピーエンド。

馬鹿みたいに笑う俺たちの声をＢＧＭに、エンドロールが流れ始める。

もし仮にこれが舞台なら、目が肥えた観客たちは、きっと気難しい顔をしているだろう。

地下室から抜け出た後、父親は残党に切り殺されるべきだったとか。

少女を守って死ぬべきだったとか。

出入り口に固まって、口々に不満を語り合っているに違いない。

二兎《にと》を追って、二兎とも得るような物語は陳腐だと、不満気な観客の呟きが聞こえてきそうだ。

……でも、俺はこれでいいのだ。

誰も彼も救ってしまう、そんな絵に描いたような英雄が、一人くらいいてもいいじゃないか。

真っ直ぐに生きようとする少女と父親が、二人とも幸せになるような、そんな安直なエンディングがあってもいいじゃないか。

「ねえ、ゼロ君……必ず、もう一度会いに来てね」

「ああ、約束する」

星が落ちそうな夜。

俺たちが交わした約束を、地上を優しく照らす月がまるで結婚式の神父のように、いつまでも見守っていた。

エピローグ

「本当に、ゼロさん、ティアちゃん。二人には世話になった。感謝してもしきれねえな」

鶏が鳴き始めてから少し経《た》った早朝。

俺たちは元聖女イリスに会いに行くため、ドネックの町に別れを告げた。

町の前まで見送りに来てくれた、サクラとラルフ。

父親は感慨深げな表情を浮かべ、右手を差し出す。

俺が黙ってその大きな掌を握り返すと、ラルフはふっと人懐っこい満面の笑みを浮かべ、

「元気でな！」と声を張る。

「ああ、親父《おやじ》さんも、元気で」

「おう、また何かあったらいつでもこの町に来てくれ、歓迎するからよ！」

「じゃあね、ティアちゃん、ゼロ君。また、この町に逢《あ》いに来てね」

少しの寂しさを瞳の奥にブレンドしながらも、サクラは普段通りのテンションで健気《けなげ》に

笑う。

きっとそれは彼女なりの気遣いなのだろう。

最後は笑顔で見送り、俺を安心させようとしているんだ。

だから俺も、

「ああ、必ず」

笑顔で、サクラに右手を差し出す。

少女は一瞬びっくりしたように眉を持ち上げた。

それからにんまりと微笑《ほほえ》んで、まるで宝物でも握りこむみたいに、両手で俺の掌を包み込む。

しばらくそうして見つめ合った後、昨日の夜の出来事でも思い出したのか、サクラはふっと赤くなり、手を離した。それから言い訳でもするように、あたふたとティアの方を向く。

「て……ティアちゃんも元気で！」

「あれ、サクラさんどうしたんですか……？　顔が赤いですが……まさか風邪ですか……？」

少し意地悪をするような顔で、ティアはぼそりと呟《つぶや》く。

「な、なに!?　本当かサクラ!?」

「ち、違うよお父さん、ティアちゃん！　私は健康体！　もーう、これ以上ないくらい絶好調だよ！」

「絶好調ですか……何か良いことでもあったんですか？」

「ほらほら、ティアちゃんも私と握手握手！」

話題を逸《そ》らすような、不自然極まりないサクラの行動。

ティアはジトっとした目をした後、ふっと吹っ切れたように笑って、その手を握り返した。

「じゃあな、サクラ……それに、親父さん」

「うん、また会おうね」

「おう、またいつでも立ち寄ってくれ！」

「あ……そうだサクラさん……」

別れる寸前。ティアは徐《おもむろ》にサクラの方に走っていき、耳打ちをした。

一体何を言われたのか、急に沸騰したように赤くなり、ぶんぶんと両手を振るサクラ。

何故《なぜ》か満足気な表情のティア。

こうして俺たちはドネツクの町に、サクラに、別れを告げた。草原を歩く、俺とティア。

俺たちの姿が完全に見えなくなるまで、真っ赤な顔に染まったサクラと親父さんは両手を大きく振っていた。

「なあティア、お前最後サクラに何て言ったんだ？」

「内緒です……」

「……？」

「そう言えばゼロ様。これから会いに行くご友人は、いったいどんな方なのですか？」

太陽が眩《まぶ》しい草原を東に進んでいる最中、不意に、ティアはそう尋ねる。

そう言えば、まだこの子には言っていなかったな。

「イリス・ラフ・アストリアって知ってるか？」

「イリス……ラフ……アストリア……？」

「そうだ、知らないか？」

「イリス……イリス……どこかで聞いたような……」

小さな顎に手を当てて、ティアは考え込む。

風に乗って、フリルの付いた紺色のスカートがさわさわと揺れる。

「あれ……そう言えば、前の聖女様と同じ名前ですね……うーん……誰なんでしょう……」

答えが登場したにも拘《かかわ》らず、なおも考え込む仕草を崩さない、幼げな少女。

まさか、今から会いに行くのがその聖女様だとは、夢にも思っていないのだろう。

聖女とは、エメリア唯一の宗教組織であり、国教である聖ウェルフィース教会の頂点に君臨する者である。

国王が政治的権力の頂点であるならば、聖女はいわば宗教的権威の頂点。

大賢者と並び、エメリアで国王に匹敵する力を持つ存在。

慣習から、聖女に選ばれるのは必ず二十歳以下の女性と決まっており、相手の正体を見破る鑑定魔法を高レベルで使用出来るということが、聖女として選出される条件となっている。

先代の聖女であったイリスは《心眼》とまで称される天才的な鑑定魔法の素質を持っており、初代聖女であるウェルフィースの再来とまで言われた。

その妖精のような美貌と相まって、一時期エメリアでは国王を凌《しの》ぐほどの人気があったが、とある事情で突然聖女を辞任。今は、消息不明となっている。

どうして俺が行方不明であるイリスの居場所を知っているのかと言うと、それは俺と彼女が複雑な間柄であるからであり、聖女を辞任する際、俺だけに居場所を告げてきたからだ。

……あれからもう二年近く。

今年で十九になるはずだが、元気にしているのだろうか。

「……うーん……イリス……イリス……聖女様以外でそんな人いたでしょうか……」

ティアはまだ、横でうんうんと唸《うな》っている。

その姿が少し可笑《おか》しくて、ふっと笑いが込み上げる。

「ティア」

「なんでしょうか、ゼロ様」

「これから会いに行くのは、その、元聖女様だ」

「……はい？」

「だから、その前聖女イリス・ラフ・アストリアに会いに行くんだ」

「……はい？　えっと……イリス様のそっくりさんか何かですか？」

「本人だ」

ティアは「本人……？」としっくり来ていない様子だった。

「今から会いに行くのは、イリス・ラフ・アストリア。先代の聖女であり、オッドアイの淑女だ」

そこまで説明して、ようやく理解したのか、ティアの表情がみるみるうちに驚きに染まっていく。

軽くパニックにでもなったのだろう。

普段は控えめで物静かなティアが、珍しく大声を上げる。

「……え⁉　どどどどどどど、どういうことですか⁉　本人、本人ですか⁉」

「そうだ、本人だ」

「今からあのイリス様に会いにいくのですか⁉」

「そうだ、会いに行くよ」

「お、お知り合いなのですか⁉」

「……まあ、長いこと大賢者をやっていたからな。それに、イリスと俺にはちょっと色々あるんだ」

「さ、流石《さすが》ゼロの大賢者様です……」

尊敬の眼差《まなざ》しで俺を見つめるティア。

俺はそのキラキラと輝く瞳を、苦笑いで見つめ返す。

それからティアは、急に不安げな表情を覗《のぞ》かせた。

「……どうしましょう……もし、私。イリス様に失礼なことをしてしまったら……」

「ティアだったら、大丈夫だよ。それにイリスは女の子には優しいんだ、だから、大丈夫」

「……うう……不安です……」

項垂《うなだ》れる少女の艶やかな髪を優しく撫《な》でる。

ティアは泣きそうな顔で、こちらを見上げた。

かける言葉が見つからなくて、苦笑いだけを返す。

「あれ、そういやティア、露店で買ったペンダントはどうしたんだ？」

不意に気がかりになって俺がそう言うと、ティアは少しだけ嬉《うれ》しそうに、胸のポケットを軽くさする。

「……お兄様からいただいた、初めての贈り物。ここに、大事にしまってあります」

まるで宝物でもしまってあるかのように、少女は優しく微笑みながら、胸の膨らみに手を置いた。

見ないと思ったら、そんなところに仕舞ってあったのか。

「着けないのか？」

「……なんだか、勿体《もったい》なくて……せっかくお兄様にいただいたものなので……」

静かに微笑みを浮かべるティア。

頬《ほお》を少し赤く染め、照れたように笑いかける。

「そうか、着けないのか。似合いそうなのにな」

少女にそう微笑みを返すと、草原のど真ん中でティアは急に立ち止まった。

「……どうかしたのか？」

ふっと視界から消えた少女を振り返る。

ティアの首には、灰色のペンダント――さっきまでは間違いなくポケットにあったはずのそれが、ぶら下げられていた。

「……ど、どうでしょうか……？」

勿体なくて、着けられない。

さっきまでの言葉に反し、ティアの首でキラキラと輝く灰色のペンダント。

少女は上目遣いで、もじもじとこちらを覗《のぞ》く。

「……とてもよく、似合ってるよ」

苦笑いしながらそう言うと、ティアは破顔した。

満面の笑みを浮かべ、こちらまで駆け足で走ってくる。

薄汚れた灰。白でもなく黒でもない、どっちつかずな色をしたペンダントは、太陽の光を反射し、ティアの首元で宝石みたいにキラキラと輝いていた。

さあて、まずはここから山を一つ越えた所にある、交通都市ローラルを目指すか。

エメリアの交通路の中心点であり、沢山の人々が往来するローラルで馬車でも捕まえて、イリスの元へ行こう。

ティアもいることだ。障害物の関係上、山の中はマナを集中させるより、馬車を使う方が安全だ。ドネックは田舎町。探したが、交通用の馬車は見当たらなかった。

イリス・ラフ・アストリア。

昔エメリアで起こった、大貴族ユーベルグ・ルシフェルの汚職事件。

概要は、黒い鷹《たか》からの多額の献金。王宮では大問題に発展し、すぐに捜査が開始された。

いち早く汚職の証拠を摑《つか》む為《ため》、俺はたった一人で奴の邸宅に踏み込んだ。

その地下室。幾つもの南京錠《なんきんじょう》で厳重に鍵の掛けられた、開かずの間。

力尽くで、こじ開けた。そこで偶然発見した、死体の山。

凄惨な、奴隷の虐殺。

その中で。蹲《うずくま》るように膝を抱えていた、唯一の生存者。

……名前すら持たぬ、哀れな少女。

あれからもう、十年経つ。

イリス・ラフ・アストリア。

俺が引き取った、乾いた目をした少女。

オッドアイの、元聖女。

とある事情で聖女を辞め、今は山奥で孤児院を営んでいるはずだ。

死んだと思い込んでいる俺がひょっこり現れたら、いったいイリスはどんな顔をするのだろう。

泣くのか、笑うのか、それとも罵声でも浴びせてくるのか。

最後に喧嘩《けんか》別れしてしまったが……一体どうなるのだろうか。

案外――大号泣で出迎えてくれるのかもしれない。

……いや、それはないか。

いつもツンツンした彼女のことだ。

きっと、今回も素っ気ない対応をされるのだろう。

「……へー、生きてたんだ」

のような。

まぁ、その方が俺も落ち着くというものだ。

ジークフリードの無実を証明する為には、
生きていることを証明する為には、
必ずイリスの力が必要になる。

不老不死の研究をする、ルード・ヴェルフェルム。

そして、内部分裂を繰り返し、弱体化しているはずの黒い鷹《たか》。

グランヴァイオの発言は信用を置けないが、あの組織がまだ生きているのは間違いないだろう。

そして、仮にもしギルバルドが黒い鷹と繋《つな》がっているのなら、なおさら好都合だ。

暴ききれなかった、王宮に巣食う闇を、今度こそ、明らかにしてやろうじゃないか。

……奴の発言が真実なのかハッタリなのかは、どの道すぐに明らかになる。

首を洗って待っていろ、ギルバルド。

何も見えなくなってしまった両の瞳で、私は懐かしい過去を振り返る。

あの日のことを、思い返す。

あの人に初めて会った時、私は地獄の中にいた。

生きているのか死んでいるのか、自分はどちら側にいるのか。そんなことさえも分からずにいた。

心にはぽっかりと穴が空いていて、その隙間から凍えそうなほど冷たい風が吹き抜ける。

彼と会うまでは、そんな、毎日だった。

『――お前は全然笑わない奴だな。だったら、せめて名前くらいは笑わせよう。イリス・ラフ・アストリアでどうだ？』

何もかも、彼が教えてくれた。

私の心の隙間を、優しく埋めてくれた。

私を地獄から救い出してくれた。

「イリス・ラフ・アストリア。昼食の用意が出来ました。飲み物はお紅茶でよろしいですか？」

ここは、お城。だから私は、囚《とら》われのお姫様。

「話しかけても無駄だぞ。あいつはここに来てから、ずっとあんな感じだ。せっかく元聖女だからって丁重に扱っているのに、うんともすんとも言いやしない」

「ほー。ここに連れてこられたのがよっぽどショックだったのでしょうか？　せっかくいい部屋を用意して差し上げたのに」

「いや、なんでも初めからあんな状態だったらしい。せっかく抵抗されてもいいように強力な魔法使いを連れていったのに、最初から抜け殻みたいで全部無駄になったとさ」

「何かあったのですか？」

「さあ、詳しくはわからねえ。ただ、見つけた時、自分で作った墓の前でずっと項垂れていたらしい」

「誰か、知り合いがお亡くなりに？」

「ジークフリードって書いてあったってさ」

「……そう言えば、聖女様は彼に育てられたという噂《うわさ》が流れていましたね。あれは本当だったのですか。しかし、よりにもよって育ての親が国賊とは、それは項垂れるのも頷《うなず》けます、ね」

「……違う……彼は国賊なんかじゃない」

急に人間らしい言葉を話しだした私を、二人の男は死んだ人間が生き返ったような顔で振りかえった。

「彼は生きている。きっと、きっと、きっと生きている」

ねえ、ジーク。

あなたがいなくなった世界は、私にとって退屈過ぎるよ。

こんなに大きなベッドも、広い部屋も、豪華な食事も、私一人でどうしろっていうの？

だから、ジーク。

「助けてよ……もう一度、私を助けてよ……」

ボロボロと涙をこぼし始めた私に、男たちは気の毒なものを見るような目を向ける。

ああ、そうだ。私は気の毒な娘だ。

現実を受け入れられなくて、いつまで経っても過去の幻想に浸ろうとしてしまう。

都合の良い妄想で、少しでもぽっかりと空いた心の穴を埋めようとしてしまう。
こんな私は、生きているのだろうか、それとも、死んでいるのだろうか。
ああ、そんなことさえわからなくなった。
また、あの頃に戻ってしまった。

最後にあの人に会った時。私は彼に酷《ひど》いことを言ってしまった。
それが、ずっと心残りだ。
どうして、私は素直になれないんだろう。
どうしてあなたが好きだと、はっきり言えないんだろう。
……言えなかったんだろう。

今の私は囚われのお姫様。
いつか、王子様が助けに来てくれるのを待っている、無力な女の子。
ねえジーク。
私にとっての王子様は、あなたしかいないんだよ？

あとがき

皆さま初めまして、夏海《なつみ》ユウです。

私は基本的にあとがきを最後に読む派なのですが、どうやら情報筋によると、最初に読む方もいらっしゃるようです。

……今この本をお手に取って頂いているあなた様は、どちらのタイプでしょうか？

それとも、どちらでもない全くのイレギュラーでしょうか？

謎は深まるばかりですが、とにかくこの本に興味を持ち、こうして手に取って頂いているという事実だけは間違いありません。

本当にありがとうございます。

この本の内容は、私がｗｅｂで連載している作品に加筆と修正を加えたものです。

担当様と相談しつつ、設定やキャラクターを一から練り直し、物語を再構築。

そして、吉田依世《よしだいよ》様の素敵過ぎるイラストが加わったのが本作となります。

……買おうかどうか悩んでいる方……ｗｅｂ版よりもきっと面白くなっており、更には至高のイラストも付いています。これは買いなのではないか、と個人的に思います。

……ええと、あとがき四ページとは結構長いものですね。

では、苦し紛れに自分語りでも……。

この作品を私が書き始めたのは、昨年の十一月でした。

当時有料動画配信サービスに登録し、暇を見つけては洋画・邦画・アニメを観《み》まくっていた私。やはり素晴らしい創作物に触れると何か掻《か》き立《た》てられるものがあるようで……秋も更け冬が近付いて来た頃、創作意欲が降って湧き、自分も何か書きたい創りたい。そんな気持ちに。

そのままの勢いでキーボードを叩《たた》き、あーでもないこーでもないと悩んだ末に出来上がったのが、本作品のｗｅｂ版となっております。

そして、それを現担当様に運良く拾って頂き、現在に至る……。

中学や高校の同級生、担任の先生がもしこのことを知ればきっと驚くことでしょう。

「え、お前がライトノベル書くの⁉」と。

昔から、一人になると延々脳内妄想をぶつぶつと不気味に呟《つぶや》くほど厨二《ちゅうに》妄想大好きのオタク人間でしたが、やはりそんな私でも人の目は気になるもので、本当は二次元ロリ巨乳美少女が三度の飯よりも好きであるという事実を胸の隅っこにそーっとしまいこみ、随分長い間隠れオタクとして生活しておりました。

アニメの話題を振られても素知らぬ振りをして「へぇ～、そんなのが流行《はや》ってるんだあ。知らなかったなぁ」と、某迷宮なしの名探偵バリにわざとらしく惚《とぼ》けていたのが、まだ記憶に新しいです。

人間、誰しも表と裏があります。

もしかしたら、いつも気難しい顔をしていたあの人や、クールに決めていたあの子にも、私と同じ裏があったのかも……。

素直に告白し、ロリ巨乳美少女談義に花を咲かせ、彼らと仲良くなれた……そんな世界線もどこかにあったのかもしれません。

なんだか、感慨深いです。

あの時もう少し自分が素直になれれば、オタク談義で盛り上がれる未来もあったのかもしれません……が、今更後悔しても遅い。

とにかく、今は前を向くしかないです。

これからは、ロリ巨乳美少女は良いぞ！と、声高に主張していこうと思います。

さて、最後にもう一度感謝を述べたいと思います。

原稿を送るといつも神懸かったスピードで返信をくださった編集O様。

本当に、この度は大変お世話になりました。お忙しい中、私の作品に根気強くお付き合い頂き、本当にありがとうございます。ロリ巨乳は世界を救いますね！

魅力溢《あふ》れる素晴らしいイラストを提供してくださった吉田様。

ご多忙の中、私の作品に素敵なイラストを添えて頂き、本当にありがとうございます。上がって来る素晴らしいラフ画を見るのが、当時一番の楽しみでした。

私の数少ない友人として、様々な面で支えてくれたT氏とK氏。

今年一年、私が平穏無事に過ごしてこられたのは、間違いなくあなた方のお陰です。大いなる感謝を。

そして、作品を支えてくださった読者の皆様。

ｗｅｂ版をお読み頂いた方も、この本で初めて読んで頂いた方も、読み手なくして書き手は存在出来ません。心より、感謝を。

最後になりますが、ｗｅｂ版ともども、夏海は頑張っていきますので、皆様、これからもどうぞよろしくお願いいたします。

もしよろしければ、次もお付き合い頂けると幸いです。

夏海　ユウ

ゼロの大賢者《だいけんじゃ》
～若返《わかがえ》った最強賢者《さいきょうけんじゃ》は正体《しょうたい》を隠《かく》して成《な》り上《あ》がる～

著　夏海《なつみ》 ユウ

角川スニーカー文庫　20864

2018年4月1日　初版発行

発行者　三坂泰二

発　行　株式会社KADOKAWA
〒102-8177 東京都千代田区富士見2-13-3
電話　0570-002-301（ナビダイヤル）

印刷所　株式会社暁印刷
製本所　株式会社ビルディング・ブックセンター

KADOKAWA　カスタマーサポート
［電話］0570-002-301（土日祝日を除く11時～17時）
［WEB］https://www.kadokawa.co.jp/（「お問い合わせ」へお進みください）
※製造不良品につきましては上記窓口にて承ります。
※記述・収録内容を超えるご質問にはお答えできない場合があります。
※サポートは日本国内に限らせていただきます。

Printed in Japan　ISBN 978-4-04-106866-3　C0193

★ご意見、ご感想をお送りください★

〒102-8078 東京都千代田区富士見 1-8-19
株式会社KADOKAWA　角川スニーカー文庫編集部気付
「夏海 ユウ」先生
「吉田依世」先生

［スニーカー文庫公式サイト］ザ・スニーカーWEB　http://sneakerbunko.jp/

角川文庫発刊に際して

角川源義

第二次世界大戦の敗北は、軍事力の敗北であった以上に、私たちの若い文化力の敗退であった。私たちの文化が戦争に対して如何に無力であり、単なるあだ花に過ぎなかったかを、私たちは身を以て体験し痛感した。西洋近代文化の摂取にとって、明治以後八十年の歳月は決して短かすぎたとは言えない。にもかかわらず、近代文化の伝統を確立し、自由な批判と柔軟な良識に富む文化層として自らを形成することに私たちは失敗して来た。そしてこれは、各層への文化の普及滲透を任務とする出版人の責任でもあった。

一九四五年以来、私たちは再び振出しに戻り、第一歩から踏み出すことを余儀なくされた。これは大きな不幸ではあるが、反面、これまでの混沌・未熟・歪曲の中にあった我が国の文化に秩序と確たる基礎を齎らすためには絶好の機会でもある。角川書店は、このような祖国の文化的危機にあたり、微力をも顧みず再建の礎石たるべき抱負と決意とをもって出発したが、ここに創立以来の念願を果すべく角川文庫を発刊する。これまで刊行されたあらゆる全集叢書文庫類の長所と短所とを検討し、古今東西の不朽の典籍を、良心的編集のもとに、廉価に、そして書架にふさわしい美本として、多くのひとびとに提供しようとする。しかし私たちは徒らに百科全書的な知識のジレッタントを作ることを目的とせず、あくまで祖国の文化に秩序と再建への道を示し、この文庫を角川書店の栄ある事業として、今後永久に継続発展せしめ、学芸と教養との殿堂として大成せんことを期したい。多くの読書子の愛情ある忠言と支持とによって、この希望と抱負とを完遂せしめられんことを願う。

一九四九年五月三日